チートあるけどまったり暮らしたい

Cheat arukedo mattari kurashitai Ⅱ

領地の発展ながめてたいのに

なんじゃもんじゃ

Illustration 鉄人桃子

ドロシー
（ドロシー・フォン・バンダム）
神聖バンダム王国第3王女
ちょっと大きくなりました
クリストフ
（クリストフ・フォン・ブリュトゼルス）
本作の主人公
転生したサラリーマンだが、いまや半神
フィーリア
クリストフを慕うケモ耳の獣人
意外な能力を持っている

ペロン
（ペロン・クック）
庶民階級の少年だが、その包容力でカルラと付き合うリア充
カルラ
（カルラ・フォン・アダチ）
大貴族の子女ながらも、攻撃魔法ばかりを好む魔法脳筋

彼らがやったことの報いは
何倍にもしてお返ししないと
気が済まないんだ

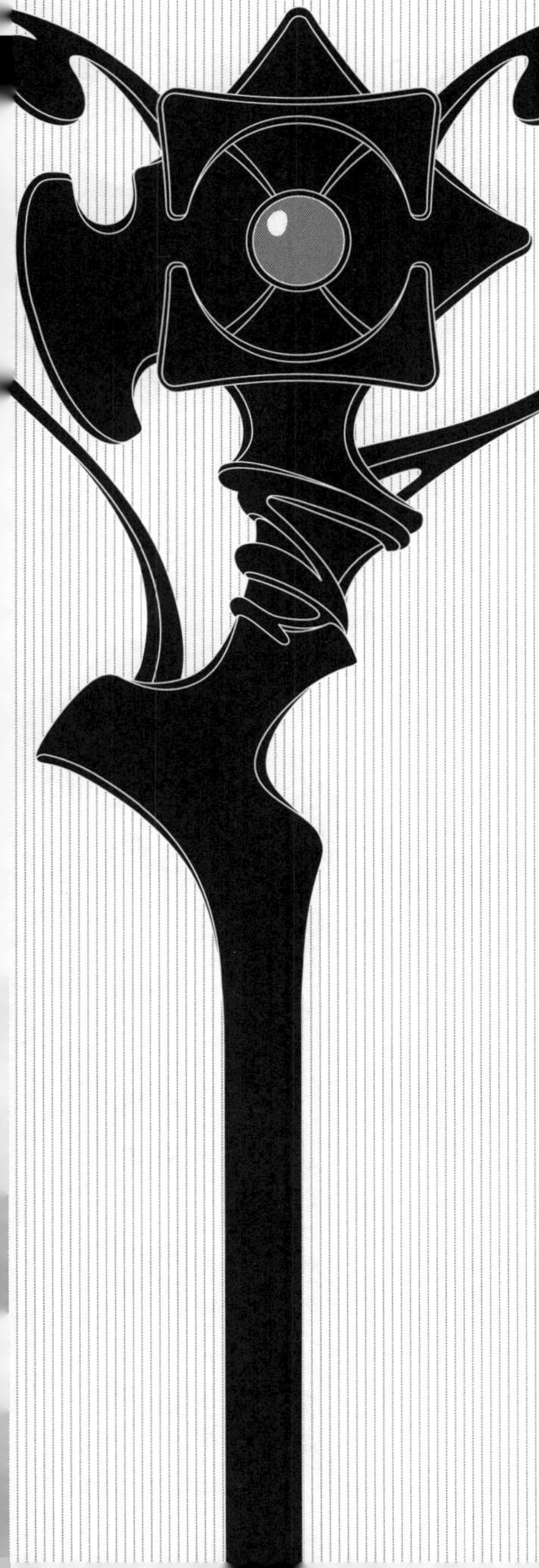

チートあるけどまったり暮らしたい
領地の発展ながめてたいのに

Cheat arukedo mattari kurashitai Ⅱ
Presented by Nanjamonja

なんじゃもんじゃ
Illustration 鉄人桃子

宝島社

あらすじ

コンビニ強盗に襲われたのをきっかけに、魔法が存在する異世界の貴族・クリストフとして転生した主人公。しかも、転生時に高すぎなチート能力まで手に入れていた。魔法学園に入学したクリストフは、貴族の娘・カルラと、庶民の男子・ペロンと一緒にマジックアイテムを研究するクラン「ＭＩックール」を結成する。

国王の娘ドロシーとの再会や、対決を挑んできた「バカぼん」ことワーナーを一蹴したりしながら学園生活とマジックアイテムを開発・販売する「ブリュト商会」の経営に忙しい毎日を過ごす。

そんなある日、伝説の鉱石“神銀鉱”を手に入れるために探索したダンジョンのなかで首が８本ある大蛇・ヤマタノオロチと戦うことになってしまう。

チート能力をもってしても戦いに敗れそうになったクリストフはダンジョンに同行していたドロシーたちを守るために自らの命をかけた戦いの末にヤマタノオロチを葬り去り、半神《デミゴット》となったのだった……

STORY

Cheat arukedo mattari kurashitai II Presented by Nanjamonja

MAP

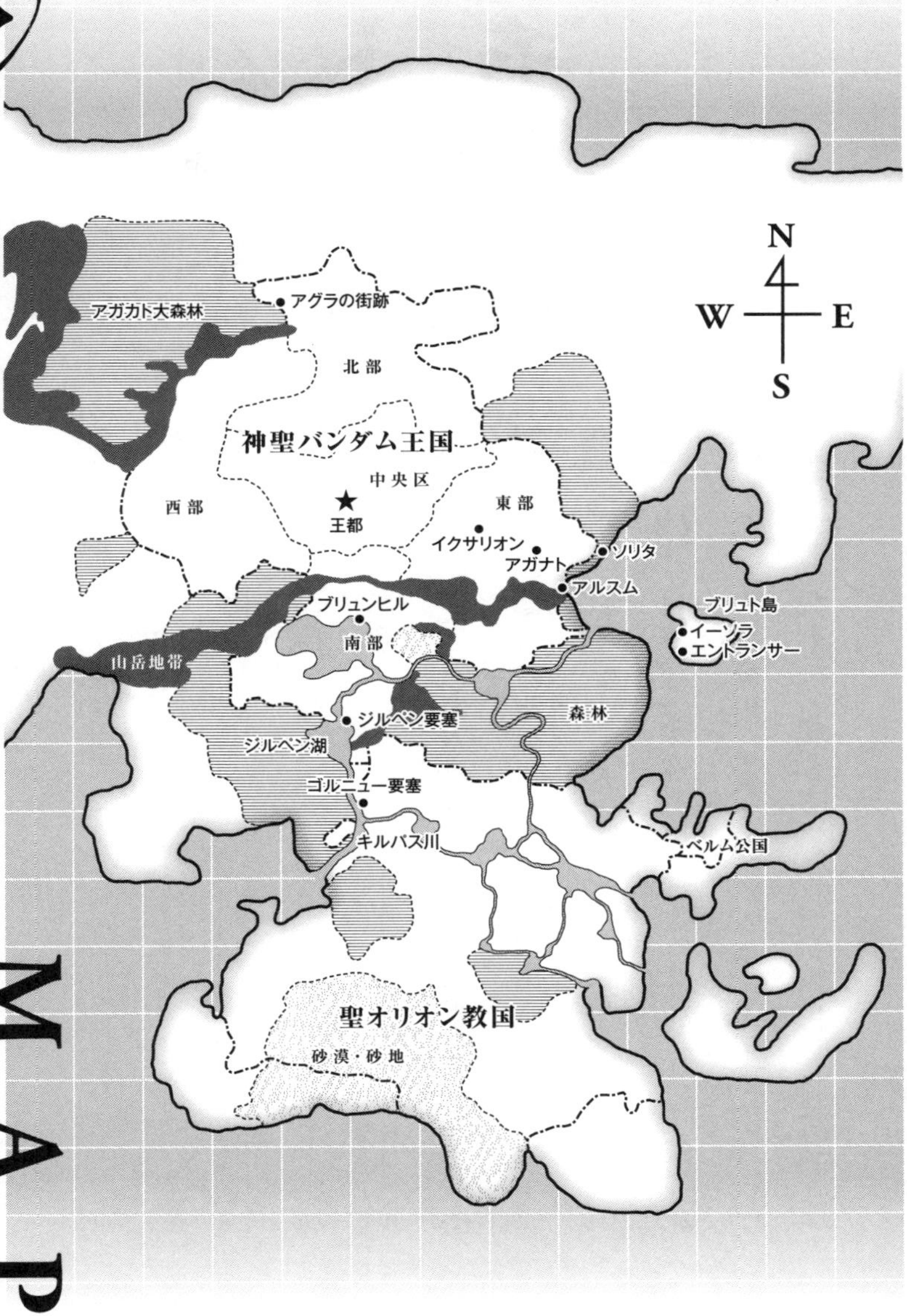

N
W
E
S
アガカト大森林
アグラの街跡
北部
神聖バンダム王国
中央区
西部
東部
王都
イクサリオン
アガナト
ソリタ
アルスム
ブリュト島
イーソラ
エントランサー
ブリュンヒル
南部
山岳地帯
森林
ジルベン要塞
ジルベン湖
ゴルニュー要塞
キルパス川
ベルム公国
聖オリオン教国
砂漠・砂地

チートあるけどまったり暮らしたい
領地の発展ながめてたいのに

Cheat arukedo mattari kurashitai Ⅱ
Presented by Nanjamonja

CONTENTS
Cheat arukedo mattari kurashitai II Presented by Nanjamonja

一章　俺たちの道

秋の柔《やわ》らかな風と暖かな日射《ひざ》しが心地よい。

こんな緩《ゆる》やかな時間の流れに身を任《まか》す、やっぱこれだよなぁ〜。

早くまったり暮らせるようになりたいよ。


いつまでもゆっくりしたいが、残念ながら俺は忙《いそが》しい身なのでルーナが淹《い》れてくれた紅茶を飲み干《ほ》すと、早々《そうそう》に馬車に乗り出かける。お供《とも》はケモ耳モフモフが気持ちいいフィーリアと護衛騎士のレビス、プリメラ、ジャバンだ。

今日はゲール、ウィック、ジョブの３人は非番《ひばん》なのでお休みだ。

舞踏会《ぶとうかい》の余韻《よいん》冷《さ》めやらぬ中、国王直々《じきじき》のご用命《ようめい》で軍事物資《ぐんじぶっし》を揃《そろ》えることになった俺は、総量《そうりょう》の半分ほどを明後日《あさって》に納入《のうにゅう》する約束をしている。

綺麗《きれい》なドロシー様と踊りあかした舞踏会を思い出しながら、軍事物資の生産に精《せい》を出すとしましょうか！

「フィーリア、私が作っていくアイテムの数の把握《はあく》と箱詰《はこづ》めを頼むよ」

「畏《かしこ》まりました」

国へ納品する物資は、戦争だから当然なのかもしれないけど薬品が多い。

傷《きず》ポーションが1万本、血液ポーションが5千本、マナポーションが1千本、上級傷ポーションが3千本、上級血液ポーションが1千本、上級マナポーションが2百本。

傷ポーションは傷口にかけるか飲むことで傷を治す。血液ポーションは怪我《けが》をして失った血を補充《ほじゅう》して貧血《ひんけつ》を回復させる。そしてマナポーションは失った魔力を回復させる。どれも魔法薬《まほうやく》といわれる薬になる。

そして、指にはめると力を底上《そこあ》げする力のリングは1千個、耐久《たいきゅう》を底上げする守りのリングは1千個、俊敏《しゅんびん》を底上げする素早《すばや》さのリングは5百個、火の玉を撃《う》ち出すファイアボールリングは5百個、冷たい飲み水が湧《わ》き出すウォーターリングは1千個、上級程度の魔法であれば防ぐ障壁《しょうへき》の腕輪は10個。どれもマジックアイテムといわれる魔具《まぐ》だ。


アイテム数を確認し帳簿《ちょうぼ》をつけ箱詰めするケモ耳少女のフィーリア。

神聖《しんせい》バンダム王国の重鎮《じゅうちん》で軍のトップであるトムロスキー軍務卿《ぐんむきょう》には分納《ぶんのう》と回答《かいとう》したが、夕方前にはすべてのアイテムを創り終え箱詰めも終了した。

これは半神《デミゴッド》となった俺と眷属《けんぞく》であるフィーリアだからできたことで、普通の人間ではあり得ないことだ。

因《ちな》みに薬品類もマジックアイテムもすべて魔力を糧《かて》に創り出している。

俺が魔技神《マギシン》となったことで得た能力の魔具作成を使い、魔力を消費《しょうひ》して入れ物からマジックアイテムまでをなにもない状態から創っているのだ。

陛下《へいか》に代金《だいきん》は不要《ふよう》と申《もう》し入《い》れた理由がここにある。俺は魔力を消費しマジックアイテムを創り出せる能力がある。しかも俺の魔力はほぼ無限《むげん》にあるので、この程度のマジックアイテムであればいくらでも作ることができるのだ。

臨時《りんじ》で俺の作業場となっている店の倉庫は時空魔法《じくうまほう》で広さを拡張《かくちょう》してあるので、これだけの物資を積み上げてもまだまだ余裕がある。

「悪いが納品時には同行を頼むよ」

「クリストフ様がよいと仰《おっしゃ》るのであれば何処《どこ》までも」

「ありがとう。それと今後は店のことはプリエッタに任せようと思う」

「私になにか不手際《ふてぎわ》がありましたでしょうか？」

フィーリアはとても焦《あせ》った表情で、この世の終わりだといわんばかりの落ち込みようだ。いつもフリフリしている尻尾《しっぽ》がピンと伸び、ケモ耳も元気なく折れてしまっている。

「フィーリアは俺の初めての眷属であり、唯一の眷属だ。できるだけ傍《そば》に置いておきたいと思ってね。嫌なら今まで通りにするけど？」

今まで地面にめり込むんじゃないかと思うほど落ち込んでいたフィーリアが、ガバッと体を起こし俺に飛びかかる。

「とんでもありませんっ！　私はクリストフ様のお傍に！　クリストフ様の御世話《おせわ》をさせてください！」

あの、なにも抱きつかなくてもいいのだぞ。しかしまだ10歳のくせして育っているじゃないか。けしからんぞ、実にけしからん！

フィーリアは向日葵《ひまわり》のような眩《まぶ》しい笑顔を俺に向け、俺の首にぶら下がっているので頭を撫《な》でてやる。そしてケモ耳をモフモフしてやった。

「あっふぅん～…ぁん…」

久し振りのケモ耳を堪能《たんのう》する！

いつまでもモフモフしていたいが、もう夕方なので屋敷に戻らなければ母上が心配する。断腸《だんちょう》の思いで帰ることにする。いつも思うがケモ耳モフモフは正義なのだ！

翌日は神の能力を把握するのに時間を割《さ》き、１日が過ぎる。

フィーリアは終始《しゅうし》俺の傍に控《ひか》え、俺の世話をやこうとする。小型犬《こがたけん》みたいで可愛《かわい》い。

「フィーリア、俺のことはルーナもいるから、フィーリアはお爺様《じいさま》に稽古《けいこ》をつけてもらったらどうだろうか？　フィーリアも剣を使えれば私も安心して外に出られるのだけど」

「っ！　はいっ！　剣を学んできますっ！」

まぁ、俺自身を出汁《だし》にしているが、実際はフィーリアに身を守る術《すべ》を与えたいってことだ。

フィーリアがやる気の内《うち》にお爺様のもとに赴《おもむ》き、フィーリアのことを頼んでみる。

「フィーリアが、か？　その細い体で剣を持てるのか……まぁ、よいわ。フェデラシオ、訓練用の剣を持って来い」

仮にも王国騎士団の元団長であるフェデラシオ叔父上《おじうえ》を顎《あご》で使うお爺様はさすがだ。叔父上が刃引《はび》きされた訓練用の剣をフィーリアに手渡すと、お爺様は「振ってみろ」とフィーリアを促《うなが》す。

ブンッ！　ブンッ！　ブンッ！　ブンッ！　ブンッ！　ブンッ！　ブンッ！

フィーリアが剣を振るだけで、訓練場《くんれんじょう》に敷《し》き詰《つ》められている土が舞い上がる。何度も何度も剣を振るので、フィーリアの周囲が土埃で覆《おお》われてしまうほどだ。

その光景を見ていたお爺様は口角《こうかく》を上《あ》げ、とても獰猛《どうもう》な笑《え》みを浮かべていた気がする。そういえばお爺様は戦闘狂《せんとうきょう》だったな、と思い出す。

「よし、次はワシと手合《てあ》わせだ」

「は、はいっ！」

お爺様はフィーリアの打ち込みを受け止め、あるいは受け流す。接近しては離れ、離れては接近し、２人は剣を振り続ける。

しかしその訓練は長くは続かなかった。なぜなら２人が使っていた訓練用の刃引きされた剣が粉々《こなごな》に砕《くだ》け散《ち》ったからだ。

その光景を見ていたフェデラシオ叔父上が、俺の肩を分厚《ぶあつ》い手でポンと軽く叩《たた》く。

「どうやら兄者《あにじゃ》はフィーリアのことが気に入ったようだな。あれほどの人材は長年王国騎士団にいたが見たことがないぞ」

フェデラシオ叔父上もフィーリアのことが気に入ったようで嬉《うれ》しそうだ。

「それではお言葉に甘え叔父上にお任せしますね」

「ああ、任せてくれ。あの子は素晴らしい素質を持っている」

俺の眷属であるフィーリアは力だけなら人類を凌駕《りょうが》する。剣の心得《こころえ》がないとはいえそのフィーリアとまともに打ち合い、更《さら》にはフィーリアを手玉に取るお爺様は本当に人間なんだろうか？

と少し考えてしまう。


神聖暦《しんせいれき》５１３年９月18日、俺が創った物資を馬車に積み込んで王城に向かう。物資満載《まんさい》の馬車は西欧風《せいおうふう》の王都の街中をゆっくりと進む。

王城の門の前で止まりフィーリアが門番《もんばん》に目的を告げ、しばし待つとトムロスキー軍務卿の部下かは分からないが、兵士が俺たちを迎えに来る。

納品はどうにか無事《ぶじ》に終わった。

大分《だいぶ》ダメダメな受け入れ体制だったけど、なんとか納品を終え俺はドロシー様に会いに行く。

今日は納品のために登城《とじょう》することをドロシー様には舞踏会の時に話をしている。

その話を聞いて、ドロシー様が帰りに少しでも寄れないかと言うのでこうして寄ってみた。

元々《もともと》、9時30分に納品する予定だったので、ドロシー様には午前中と話をしていたが、さすがに11時30分を越えるとは俺も思っていなかった。

「ドロシー様、遅れてしまい申し訳ありません」

「クリストフ様もお忙しい身《み》、お気になさらないでください」

ドロシー様は中庭《なかにわ》でお茶を飲みながら俺を待っておられたようで、申し訳なく思う。

しかし普通にしていてもドロシー様は人形のように美しいのだが、お茶を飲む姿は優雅《ゆうが》で気品《きひん》が漂《ただよ》っており、さすがは王族だと思う所作《しょさ》である。

しかもこの中庭は城内とは思えないほどの庭園になっており、小さな池の畔《ほとり》で丸い白テーブルに向かって白い椅子に座っているドロシー様は絵になるほど美しい。

似非《えせ》貴族の俺とは違うね。


しかし、学校のドロシー様と、城のドロシー様ではイメージが違う。

ツンとした雰囲気の学校でのドロシー様、気品に溢《あふ》れ優雅な仕草《しぐさ》の王城でのドロシー様、どちらが本当のドロシー様なのだろうか?


ドロシー様に促され椅子に座るとドロシー様付きの侍女《じじょ》が俺にもお茶を淹れてくれた。

そういえば、朝食後にお茶で喉《のど》を潤《うるお》したきりなにも飲んでいなかったので喉がカラカラだ。ふ〜、生き返るぜ〜。

てか、このお茶、とっても美味《うま》いな。飲んだことのない味だ。これだけ美味ければ屋敷で出てきても不思議はないのだが、飲んだ記憶がないな。

「この紅茶は美味《おい》しいですね。……複数の葉をブレンドされているのですか？」

「よく分かりましたね。この茶葉は王家専用のブレンドがされているのです」

王家用の特別仕様でしたか、それなら飲んだことがなくても不思議はないね。しかしさすがは王家仕様だ、美味い！

「お菓子もありますわよ」

ドロシー様の声に促されテーブルの上に置かれた菓子を見る。

「ありがとう御座《ござ》います」

この菓子は雪のように白い衣を纏《まと》い、薄い黄色地に赤色の果物とのコントラストが綺麗な、日本で言うショートケーキだ。

三角形に切り分けられたショートケーキをフォークで切り取り口に持っていく。

俺の好みとしてはもう少し甘味を抑えた方がよいが、十分に美味《おい》しいと思えるショートケーキだ。

楽しくドロシー様と話をしながらケーキをいただき、美味しいお茶も空になった。

「このケーキと言われるお菓子は城下で大人気だそうですのでクリストフ様も見たことがあると

思うのですが、如何《いかが》でしたか？」

ショートケーキのことは俺も当然知っている。

元々、この世界には日本でケーキと言われるような菓子がなかったので、白い砂糖を広めるために砂糖を購入してくれた客にはケーキのレシピをタダで配布したのは俺だからね。

ドロシー様はどうやら俺がこのケーキを広めた人間だとは知らないようだ。

「とても美味しいですね」

ここで少し甘味を抑えた方が好きですねとは言わないよ。王族の出した物に文句を言うのは不敬《ふけい》にあたるしね。

「お口に合わなかったようですね」

「そんなことは……」

「クリストフ様は困ったりすると眉間《みけん》に僅《わず》かに皺《しわ》が寄ります。その癖《くせ》は昔のままですね」

ありゃ、俺ってそんな癖があるのか……てか、癖は記憶がなくても踏襲《とうしゅう》されるのかよ。しかし、ドロシー様はそんなことを今でも覚えているとは記憶力がよいのですね。

「私には少し甘味が強いようです」

俺が手放しで美味しいと思っていないことが分かっている以上、正直に言った方がいいだろう。

「次に作る時には甘味を抑えるように致《いた》しますわ」

「はい？　次に作る？」

「はい、このケーキは私が作っておりますのよ。次はクリストフ様に美味しいと言わせてみせますわ」

ははは、王女がケーキ作りなんてあり得ないだろう。侍女や料理人の仕事を奪ってはいけませんよ。

「開祖《かいそ》アキラ様は料理やお菓子作りがとても上手な方だったのです。ですから王族は料理の1つや2つはできるようにと幼少《ようしょう》の頃の手習《てなら》いとして覚えるのです。日頃から料理をしているわけではありませんわ」

俺の心の声に反応するようにドロシー様が説明をしてくれました。ドロシー様はエスパーのように俺の心の声が聞こえているのだろうか？

あ、俺の癖を見ているのか？

「料理ができるドロシー様はきっといいお嫁《よめ》さんになりますね」

「えっ⁉」

ん、なにか悪いことを言ったか？

「そ、その、私はいいお嫁さんになるでしょうか？」

顔を赤くし、モジモジしている。もしかして………トイレか？

「少し長居をしてしまいましたね。そろそろお暇《いとま》しますね」

「え、あ、……はい」

レディーにトイレを我慢《がまん》させてはいけませんからね。俺は気が利く紳士なのだ！

◆◇◆◇◆◇◆◇◆◇◆◇◆

10月に入り学校も始まり、母上が臨月《りんげつ》を迎えたし、俺が寮に帰る頃にはお爺様が毎日のようにフィーリアを稽古に誘っていた。フィーリアとの稽古が楽しいようでなによりだ。

大叔父のフェデラシオ叔父上も、最近はお爺様がフィーリアに付きっ切りなので世話をやく必要がなくなりありがたいとフィーリアに感謝していた。

腕前《うでまえ》を聞くと「上達が早くフィーリアは天才の部類の人種だな」と言っていた。

王国騎士団の元団長であるフェデラシオ叔父上にそこまで言わせるとは正直すごいことだと思う。

そんな10月のある日、俺の弟が生まれたので家族でお祝いをした。

そして10月は単位修了試験の月なので、クランの面々《めんめん》は上級単位を取るために血走《ちばし》った目をしながら頑張っています。俺が教えているのだから、必須科目《ひっすかもく》はすべて上級単位を取ってもらわないとね。もし落としたなんていうのならそれなりの対応をさせていただきます。

そんななか、俺はアイテム講座の上級単位を取得した。素材の知識もアイテム作成の知識や技能も十分あるということで上級単位の課題が出され、校内にある鍛冶工房《かじこうぼう》で鉄鉱石《てっこうせき》を精錬《せいれん》するところからマジックアイテムを作り上げるところまですべての工程を審査《しんさ》された結果、合格となったのだ。

アイテム講座の担当教師の1人はドワーフのグレガス先生だが、グレガス先生曰《いわ》く「俺が教えることはねぇ」だそうです。


「ぐぁ～っ、疲《つか》れたぁ～」

これが子爵家《ししゃくけ》のご息女《そくじょ》の口から出た言葉です。

「そんな色気《いろけ》のない声を出しているとペロンに嫌われるよ」

「だって～、疲れたんだもん～。クリストフはいいわよね。すでに卒業に必要な単位を全部取っているんだから、余裕よね」

「まぁね。でも私の個人レッスンを受けているのだから、筆記科目はキッチリ上級まで合格してもらわないとね。もし不合格だったらダンジョン踏破《とうは》より座学《ざがく》を優先して地獄の勉強時間が待っていると思ってね」

「ぐはっ、おにぃぃぃぃっ！」

カルラの悲鳴のような叫びを聞いて、メチャクチャ焦った顔をしたペロンが駆け寄ってきた。

「ど、どうしたの？」

「ペロン聞いてよ～、クリストフが上級単位を落としたら地獄を見せるって言うんだよ！」

「え？　そ、そうなの？」

イチャ、イチャ、イチャ、イチャ、イチャ、イチャ。

あ～、なんだ、……シングルである俺の前でイチャイチャするのは止《や》めてほしいのですがねっ！　くそっ、リア充は爆《は》ぜろぉぉぉぉっ！

はぁ、はぁ、いかん、つい心の叫びが。

結局、ペロンとカルラは上級単位を落とすことなくすべて合格した。

プリッツもすべて合格したのだが、クララが魔物学《まものがく》を落としたので、クララだけ地獄行きが決定だ。

「え～、なんで私だけ～」

「問答無用《もんどうむよう》！　クララだけの個人レッスンだからね。感謝してくれてよいのだよ？」

「ぶ～ぶ～、クリストフの意地悪《いじわる》～。悪魔～。＃％！＆＃」

神様に向かって悪魔ってなんだよ！　しかも最後はなにを言ったか分からないし！　そんな涙目《なみだめ》になってもダメだぞ。

「随分《ずいぶん》と楽しそうですわね、どうしたのですか？」

うぉっ！　ドロシー様か、ビックリした。俺に気付かれずに後ろに立つとはドロシー様のステルス能力は神並みか！

『おはようございます、ドロシー様』

俺とクララのハモリはバッチリだ！

「聞いてくださいよ、ドロシー様。クリストフってば上級単位を１個落としただけで地獄の猛勉強だ！　って言うんですよ！」

クララはドロシー様に助けを求めるつもりだな。だが、逃がさんぞ！

「カルラもペロンも、そしてプリッツも私を裏切って完全制覇《せいは》しているんです。私だけクリストフの個人レッスンなんて受けたら死んじゃいますよっ！」

「こ、こ・じ・ん……レッスン……」

「はい、個人レッスンです。マンツーマンで勉強なんてしたら私壊れてしまいますよ～、およよよ」

およよよ、ってお前、そんな泣きまねでドロシー様が騙《だま》されるわけないだろ。

ほら見ろ、ドロシー様が真っ赤な顔をして「個人レッスン」とか「マンツーマン」とかブツブツ言っているぞ。これはお前がわざとらしい泣きまねなんかするからきっと怒っているんだぞ。

「こ、壊れるって……クララさん、安心してください。私もその特訓とやらに付き合います！」

『え？』

はい、またハモリました俺とクララです。

クララの「え？」は止めてくれないの？　の「え？」ですね。対して俺の「え？」はなんでドロシー様がクララに付き合うの？　の「え？」です。

「ドロシー様、クララに付き合う必要はありませんよ。ドロシー様もお忙しいでしょうから、クララの相手などしなくてよいのです」

まったく、クララのせいで話がややこしくなってしまった。

「ダメです！　ふた・・ゴホンッ、クララさんが心配ですので私もお付き合いします。それに舞踏

会の時に私にも勉強を教えてくださるとお約束してくださいましたのは、どなたでしょうか？」

あ～、そんな約束したな～。しっかり覚えているんですね。

てか、ドロシー様の後ろの取り巻きが俺を睨《にら》んでいるのですが、どうすればいいのかな？　どうにもなりませんでしたね。


そんなわけで、本日から皆の予定を調整し、ダンジョンに潜る日以外はクララとドロシー様の勉強を見ることになりました。

な、なんだこの香りは……くっ、なんていい香りなんだ。くんか、くんか、良過ぎるだろ……。

「どうかされましたか？」

「い、いいえ……」

このいい香りの主《ぬし》はドロシー様だ。

今までもドロシー様と何度もお話をしたことがあるが、このようないい香りを嗅《か》いだのは初めてだ。ていうか、近いんですが……近過ぎていい香りがしっかり俺の鼻をくすぐりますよ。

「ぷはははは、ドロシー様、クリストフはドロシー様の顔が近くにあるのでドキドキしているんですよ！」

なんだと！　クララ、きさま！　そういうことは分かっていても言わないのが礼儀《れいぎ》だぞ！

「え？　あ、ごめんなさい……」

「い、いいえ、とてもいい香りがするものですから……」

金髪巻き髪の美人さんが顔を赤くしてモジモジしている。なんだこの可愛い生き物は！

「ローズ系の香りですわ……昔、クリストフ様が好きだと仰った香りです」

「私が？　そうですか、どうやら今でも好きな香りのようです」

「昔のことを思い出していただけたらと思いまして……」

なんというか、ドロシー様って俺のことをよく覚えていてくれる。記憶がないことがとても申し訳なく思う。

「クリストフ様、そろそろお茶にされては如何でしょうか？」

ルーナがタイミングよくお茶の用意をしてくれたようだ。

ここは俺が寮《りょう》として使っている一軒家《いっけんや》なのでこうして勉強会もできるし、ルーナがお茶を淹れてくれる。しかし、ルーナの胸は一段と育っているなぁ。

「また〜、クリストフはすぐにルーナさんの胸を見るんだから、どれだけ胸が好きなんだよ〜」

むほっ！　クララ、きさま！　そういうことは思っていても言ってはいけないのだぞ！

「む・ね・・」

ほらみろ、ドロシー様が悲しげな視線を自分の胸に向けているだろっ！　そんなに自分の胸とルーナの胸を見比べなくても！　確かにドロシー様の胸は……ないけど……。

「ルーナさん！　その胸はどうしたらできるのでしょうかっ⁉」

いやいや、胸って大きい人は大きいけど、小さい人はあまり育たないから……。

「（クリストフ）」

ん？　クララがなにやら小声で？

「（ドロシー様にもクリストフの加護《かご》をあげたらどうなの？）」

あっ！　その手があったか！　すっかり忘れていたよ！　クララのくせに冴《さ》えているじゃないか！

幸い、ドロシー様にはほかの神の加護はない。あとはほかの神を信仰《しんこう》していなければＯＫだ。

「（よし、その方向で）」

「なにをされているのですか？」

『うわっ』

相変わらず、俺とクララのハモリはバッチリだ！

「いえ、なんでも」

あからさまに誤魔化《ごまか》すクララ。目が泳《およ》いでいるぞ。

どうやって切り出そうかな。

いきなり「あなたは神を信じますか？」なんて言ったら胡散臭《うさんくさ》いしな～。俺なら速攻《そっこう》で「いりません！」と言って逃げる自信がある。さて、どうするか……。

ルーナの淹れてくれたお茶を飲み、菓子を頬張《ほおば》り思案《しあん》する。

「そうだ、クリストフの魔術って非常識《ひじょうしき》なレベルだといつも思っているのだけど、なんでそんなに上手に魔法陣《まほうじん》が書けるの？」

ん？　今更なにを言っているんだよ、クララ君や。……あっ！　そうかっ！　ナイスだ！　クララのくせにナイスアシスト！

「私は魔技神を信仰しているから、その恩恵《おんけい》じゃないかな？」

「へ～、魔技神ってどんな神様？」

「魔技神？」

ドロシー様も少し乗ってきたぞ。

「魔技神は魔術と魔具の神様だね。魔具っていうのは魔道具やマジックアイテムのことなんだけど、そのほかになぜか豊胸《ほうきょう》の神様でもあるんだよ。私は男だから豊胸の恩恵はないけど、女性だとその恩恵があるはずなんだけどね」

ガバッ！

「クリストフ様っ！　その話は本当ですかっ⁉」

ドロシー様がいきなり立ち上がり、ものすごい勢いで俺の手を取った。

「は、はい……魔技神を信仰すると魔術が上達します……」

「そ、そのあとは」

顔が近いのですが……ち、チッスできそうだよ。

「効果あるそうです……カルラやクララも魔技神を信仰してから……大きくなったって言っていましたから……」

加護を与えてすぐに効果があった筈《はず》だから間違ってはいないよな。

「クララさん、本当ですかっ⁉」

「は、はい！　間違いなく育ちました！」

「私もっ！　私も魔技神を信仰しますっ！　魔技神、いえ、魔技神様の詳細《しょうさい》を教えてくださいっ！」

ドロシー様の必死な形相《ぎょうそう》に押され、魔技神というか、俺のことをドロシー様にレクチャーしていると、ドロシー様のステータスの状態が『魔技神を信じるあまり興奮状態』となっていた。

だからその時点で俺の加護を与えてみる。加護を与える時は手が光るので、ドロシー様から見えないように……豊胸補正に注力して加護ってみる。

「大丈夫ですよ、ドロシー様のお気持ちは必ず魔技神に伝わりますから」

念《ねん》のために加護を確認してみる……あれ……？

魔技神の加護
・魔法陣作成補正（中）
・魔具作成補正（中）
・器用、知力、精神に補正（小）
・魔力補正（小）
・魔法攻撃耐性（小）
・豊胸補正（大）

……豊胸補正が（大）になっている……確かに豊胸補正に注力してみたけど、こんなこともできるんだ……あっ、魔法陣作成補正が（中）になってる。

豊胸補正の効果を大きくする代わりに魔法陣作成補正の効果が下方修正《かほうしゅうせい》されているようだ。豊胸補正の方は2段階アップだが、魔法陣作成補正のほうが1段階ダウンで吊《つ》り合っていないかとも思うが、よく考えるとそうではないかとも思う。

全体のコストみたいのがあると仮定すると、豊胸のコストよりも魔法陣作成のコストの方が高いといわれてもなんとなく納得できる。

まぁ、俺みたいに豊満《ほうまん》な胸に価値を見出す人も多いので価値観は人それぞれだけどね。

女性の胸は男のロマンだ！

……その夜、ドロシー様からの信仰が強くなったのを感じた。恐らくは胸が大きくなったのを実感したのだろう。ガンバレ、ドロシー様！

◆◇◆◇◆◇◆◇◆◇◆

ふ～、これでよしっと。

切り立った断崖絶壁《だんがいぜっぺき》、それは軽く１００ｍはあるだろう。その下には青く広がる海。更《さら》に断崖絶壁を削《けず》るかのように荒々《あらあら》しく攻め寄せる白波《しらなみ》。

崖から目を移して逆を見る。一面の平野である。十数キロ先には森もあるがその森には魔物はほとんど生息していないのは確認済みだ。

「クリストフ様、お茶の用意ができました」

「ありがとう、フィーリア」

フィーリアが俺の喉の渇《かわ》きに合わせてお茶を用意してくれる。ルーナもそうだが、フィーリアも俺がほしいと思った時にお茶を淹れてくれる。ハンナの弟子である２人は侍女レベルが高い。

ん？　俺たちがいるところは何処だって？　それは……ひ・み・つ♪　なんて言わないよ。

実は物資を提供したことで陛下にある土地の所有《しょゆう》を認めてもらったのだ。

神聖バンダム王国の東には僅《わず》かだけど海がある。あ、これは人間の支配領域《しはいりょういき》で海に接している土地が少しあるってことね。

で、その地から海を越えて南東に少し行くと島があるのだけど、今はその島にいるのだよ。

この島は周囲を断崖絶壁に囲まれているので船で近づいても上陸《じょうりく》ができないのだけど、俺の場合は空間転移《くうかんてんい》もあるし空を飛ぼうと思えば飛べるから。

そんな誰も上陸できないこの島を、俺の所有物《しょゆうぶつ》として陛下に認めてもらった。

というわけで、上陸中のクリストフ君とフィーリア君であります。

この島には俺がほしいと思う物が多くある。だから俺は今、ゴーレムを創っているのだ。

ゴーレムは命令されたことを忠実《ちゅうじつ》に実行する疲れ知らずの労働力《ろうどうりょく》なのだ。

「ゴーレム００１からゴーレム０１０は土地の整地後《せいちご》に屋敷を建築。ゴーレム０１１からゴーレム020は土地の整地後に防壁《ぼうへき》を築け。ゴーレム021からゴーレム030は周辺の土地を開墾《かいこん》しろ。ゴーレム031からゴーレム050は魔物が接近してきたら駆除《くじょ》し、骸《むくろ》はこのマジックバッグに回収。以上、速やかに作業に移れ」

通常、ゴーレムは魔法陣でプログラムされた命令でしか動かない。だから俺のゴーレムには俺の命令を忠実に実行するようにプログラムしている。そして俺がイメージしたことをダイレクトに命令として伝えることができるので、楽なんだよ。更に……。

「出《い》でよ、タイラントジャイアント！」

大地の大精霊《だいせいれい》であるタイラントジャイアント。あの八岐大蛇《やまたのおろち》との戦いに敗れ無慈悲《むじひ》に食《く》い千切《ちぎ》られてしまったはずのタイラントジャイアント。

だが、大精霊であるタイラントジャイアントは一種の精神体《せいしんたい》なので肉体が滅《ほろ》んでもタイラントジャイアント自体が滅ぶことはない。

しばらくは肉体の修復のために地上に召喚《よびだす》ことはできないが、すでに肉体の修復が終わっているのでこうして召喚できたわけだ。

「ゴーレムたちで手に負《お》えない魔物が現れたらタイラントジャイアントが対処してくれ」

コクリと頷《うなず》くタイラントジャイアントは、ゴーレムが見える場所にドカリと腰を下ろし腕組《うでぐ》みをして動かない。まるでどこかの大仏《だいぶつ》のようだ。

「よし、あとはタイラントジャイアントとゴーレムたちに任せて俺たちは帰るよ」

「はい、しかしあの巨人やゴーレムたちは放っておいて大丈夫なのですか？」

フィーリアの懸念《けねん》はもっともだ。でもこれも実験というか検証《けんしょう》の内なのだ。

俺の命令がどの程度実行されるのかを検証するためにゴーレムを敢《あ》えて放置《ほうち》する。

タイラントジャイアントは魔物さえ出て来なければあのまま大仏として鎮座《ちんざ》したままだろうし。

「大丈夫、大丈夫。１週間後にまた様子を見に来るから、それまでは放置だね」

二章　告白

イグナーツの誕生祝《たんじょういわ》いとして、俺は島で手に入れたシルクスパイダーの糸で産着《うぶぎ》を作った。

このシルクスパイダーの糸で織《お》られた布は滅多《めった》に市場《しじょう》に出ない。

シルクスパイダーは個体数《こたいすう》が少ない魔物で滅多に糸を入手《にゅうしゅ》することができないからだ。

しかし俺の島にはこのシルクスパイダーが多く生息《せいそく》しているので、比較的《ひかくてき》手軽に入手できるのだ。

ゴーレムが魔物を駆除する範囲《はんい》にはシルクスパイダーの生息域《いき》は入っていないので心配ないし、個体数を減らさず糸だけ入手できるように心がけるつもりだ。

神聖バンダム王国では、生まれた時と15歳以外は誕生日を祝うことはない。15歳の誕生日を祝うのは一般的《いっぱんてき》に15歳が成人《せいじん》となるからなんだ。

ほかの国も同じようで15歳の誕生日以外はあまり重要視《じゅうようし》されていない。だからイグナーツの誕生祝いに上等《じょうとう》な物を贈《おく》ろうと思い、この産着を作っているのだ。

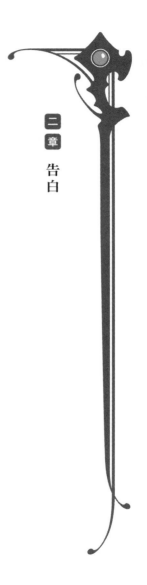

それと俺の島に名前を付けろと国土地理院《こくどちりいん》の役人《やくにん》が訪《たず》ねてきた。この国土地理院というのは内務省《ないむしょう》に属している部署《ぶしょ》で、神聖バンダム王国の貴族の領地を管理している関係上、地図の管理もこの国土地理院の仕事なのだという。

今まで神聖バンダム王国の地図上になかった島を追加《ついか》するのに名前が必要だからという理由で俺を訪ねて来たのだ。

ネームセンスの欠片《かけら》もない俺にそんなことを言うのかと思わないでもないが、役人に愚痴《ぐち》っても仕方《しかた》がない。だから適当《てきとう》に付けておいてと言ったら、後々《あとあと》面倒になるので俺に決めろと返されてしまった。

メッチャ考えたけどいい名前が浮かばなかったので、無難《ぶなん》に『ブリュト島』と命名《めいめい》した。なんの捻《ひね》りもないが、俺の所有物《しょゆうぶつ》と分かり易いし、ブリュトゼルス辺境伯《へんきょうはく》家との繋がりもすぐに頭に浮かぶ名前だろう。

1週間経過《けいか》したので再びブリュト島を訪れ、ゴーレムの仕事の結果を目の当《まあ》たりにする。こいつら……やるじゃないかっ！　予想以上の成果《せいか》だ！

屋敷の外装《がいそう》はすでにできあがっており、あとは細かい内装《ないそう》を触《さわ》るだけの状態になっている。

見た目も立派な屋敷で、周囲には高さ15ｍほどの石の塀がしっかりと屋敷を守っている。

ゴーレムたちには土と風の魔術が使えるようにしてあったのがよかった。この2属性で大概《たいがい》の工事はできるし、地下を掘った時に出た土や石に岩は塀の材料にもなっている。

田畑《たはた》の開墾も順調に進んで、今は20ヘクタールほどの土地が開墾されている。

魔物駆除も順調でマジックバッグには大量の魔物の骸が収納されていた。ただ、魔物駆除用の20体のゴーレムは戦闘を行うのでどのゴーレムも五体満足《ごたいまんぞく》とはいかなかった。自立歩行《じりつほこう》できるのが14体で、６体は大破若《も》しくは歩行ができない損傷《そんしょう》を負っている。

だから戦闘用ゴーレムに使用する素材を見直し、石から鋼《はがね》のゴーレムにグレードアップした。

銅や鉄を通り越して鋼にしたのは、材料が容易《ようい》に手に入る鉄や炭素、更に微量《びりょう》のタングステンなども加えることで強度を上げることが楽にできるからだ。

アイアンゴーレムよりスチールゴーレムの方が強度が上なのは言うまでもない。

それと追加で10体のゴーレムを作り出し、地下資源《ちかしげん》を採掘《さいくつ》するように命令を出した。採掘作業は過酷《かこく》なものになるだろうから戦闘ゴーレム同様に素材は鋼を使っている。

「フィーリア、カーテンの色は何色がよいだろうか？」

「はい、寝室《しんしつ》は淡《あわ》いピンクで統一《とういつ》し、リビングはベージュ色、廊下《ろうか》は白色で如何でしょうか？」

「じゃぁ、その感じで作るからフィーリアはカーテンを取り付けて行ってくれ」

「はい！」

すでに屋敷内のすべての窓ガラスは嵌《は》め込み済みでカーテン作成《さくせい》に移っている。さすがにゴーレムでは細かい仕事ができないので、細かいところは俺たちが作業しているのだ。

カーテンが終わったらキッチンの水回《みずまわ》りを、その次はトイレに風呂、今日中に寝室までいきたい。

ゴーレムの改造と増産《ぞうさん》で予定外の時間を使ったので、小物は作り出すだけでそのあとはフィーリアに任せ、大物は俺が最終まで面倒をみる。

キッチンの水回りは水道をマジックアイテム化して魔石から魔力供給して誰でも水を出せるようにする。マジックコンロも設置し食器棚《しょっきだな》も作っておく。

食器棚の中身はフィーリアに渡してあるマジックバッグに入っているのであとはフィーリアがやってくれる。

トイレは水洗式《すいせんしき》で、流した汚物《おぶつ》は闇魔法《やみまほう》などで綺麗《きれい》な水と栄養素《えいようそ》などに分解加工《ぶんかいかこう》し、栄養素は田畑の肥料《ひりょう》として使う。

風呂は男女それぞれ10人がゆったり入れる内風呂《うちぶろ》と露天《ろてん》風呂を作り、男女共に東洋龍《とうようりゅう》の口から常時お湯が流れ落ちるタイプにしている。

シャワーもそれぞれ5つずつ設置しお湯や水が出るようにしてあるし、お湯と水の供給もマジックアイテムだ。更に石鹸《せっけん》、シャンプー、リンス、洗顔《せんがん》フォームに髭剃《ひげそ》りセットを常備《じょうび》して風呂は完了だ。

俺の寝室にはキングサイズより大きいサイズのベッドを設置しゆったり寝られるようにする。家具は豪華《ごうか》にならず、それでいて最高級の材質と品質の物を置いていく。

フィーリアの部屋も同様にベッドや家具を設置する。フィーリアの部屋は女の子らしく薄いピンクの壁に白いテーブルや椅子を設置して可愛い感じにしている。

ここまでで夕方になってしまったので、今日は屋敷に帰る。本当はここに泊まっていきたいのだが、夕食は母上と一緒に摂《と》ると約束しているので帰らなければならない。

「フィーリア、残りは明日以降にして今日は帰ろうか」

「はい。しかしこの屋敷をこのままにしてよいのでしょうか？」

「大丈夫だよ、屋敷の周りには結界《けっかい》を張っておいたから魔物が入ってくることはないし、人間がここを訪れることもない。それにゴーレムたちが守っているし、なによりタイラントジャイアントが居るからね」

「そうですね」

タイラントジャイアントは屋敷の庭でゴロゴロしている。あいつは飼い犬か！　と思ってしまうほどのダラケ具合《ぐあい》だが、警備以外にすることもないし精霊なので自由奔放《じゆうほんぽう》なのだ。

あとは人間でこの屋敷や田畑を管理する者がほしい。もう少ししたら本格的《ほんかくてき》に考えよう。

◆◇◆◇◆◇◆◇◆◇◆◇◆

イグナーツは生後1ヵ月ほどしか経っていないので、首も据《す》わっていない。

だから抱き上げるのにも神経《しんけい》を使ってしまう。

「クリストフ、そのような抱き方ではイグナーツが苦しいと言っていますよ」

「そ、そうですか？……ふ～、小さいので抱くのも一苦労《ひとくろう》ですね」

抱いていたイグナーツをハンナに渡し額《ひたい》の汗を拭う。

「うふふ、クリストフの方がもっと小さかったのですよ。それはもう触ったら壊れそうな感じで」

母上はことある毎《ごと》に俺の小さかった頃とイグナーツを比べて話す。

「あ、そうだ。これをイグナーツに」

照明の光を浴びてキラキラと輝《かがや》いている真っ白な布を母上に渡す。

「まあ、これをイグナーツにですか？　とっても綺麗な生地《きじ》ですね。それに手触《てざわ》りもとてもよいですね」

「む、この生地は……クリストフ、これはシルクスパイダーか？」

父上は目利《めき》きだな。シルクスパイダーの糸でできた布生地なんてほとんど市場に出回らないのに一発で当ててしまった。

「そうです。偶々《たまたま》入手しまして、イグナーツの産着にちょうどいいかなって思いまして」

「産着にちょうどいいと言うのはクリストフぐらいだ。これだけでも100万S《セム》はくだらん価値だぞ」

「可愛い弟へのプレゼントです。価値とかではなく気持ちですよ」

父上は諦め顔で、母上は終始《しゅうし》笑顔だった。後ろで給仕をしていたハンナをはじめとする侍女たちの顔は引きつっていた。ハンナたちの顔が引きつるのも無理もない、100万Sといえば10

00万円相当なのだから。一般人が数年は余裕で暮らせる金額だ。

まぁ、島に行けばシルクスパイダーはたくさん居るので、大量には無理でもシルクスパイダーの糸を安定的に供給《きょうきゅう》することはできる。また金の成る木を見つけてしまった気分だ。

◆◇◆◇◆◇◆◇◆◇◆◇◆

クララの勉強の方は順調で、これなら1月の単位修了試験で魔物学の上級単位は取れるだろう。

そしてドロシー様も順調に成長されている。なにが成長しているのかって？　言わなくても分かるでしょ？　俺が加護を与えて補正（大）が付いているものですよ。

日に日に大きくなっていくので、周囲の目は懐疑的《かいぎてき》だけど俺たちはその理由を知っているので生温《なまあたた》かい目で見ています。

それと最近はドロシー様のツンデレもなくなってしまって、少し寂《さび》しい気もするけど今のドロシー様も可愛いから全然ＯＫだ。

ゴホンッ。ドロシー様も優秀で筆記科目は魔物学とバルムス古代語を残しているだけで、ほかは上級単位を取得している。それに初級ダンジョンも踏破《とうは》済みなので実戦講座の単位も問題ない。

また、俺も成長をしている。以前はドロシー様を見上げる感じだったが、今では同じ程度の視線の高さになっている。ちょっと背が低かったのでコンプレックスだったけど嬉《うれ》しいね。

そんな中、俺たちのパーティーは上級ダンジョンの攻略も佳境《かきょう》に入っており、毎回ランクＢの魔物を大量に倒して冒険者ギルドの出張所へ死体を持ち込んでいるので校内だけではなく、校外でもかなり噂《うわさ》になっているらしい。

ランクＢの魔物なんて一流冒険者と呼ばれる冒険者しか討伐《とうばつ》できないのだから当然だ。

だから魔物の素材を冒険者ギルドに売った金が大変なことになっている。

ペロンなんかはもう王都で店を出せるくらいは余裕で稼いでいるはずだ。卒業後は本当に店でも始めるんじゃないだろうか？

11月も終わろうとしているある日、俺は父上の執務室《しつむしつ》で今後について話し合っていた。なにを話し合っているかと聞かれれば、ゴーレムに任せていたブリュト島の開発が順調なので父上を視察がてらブリュト島に連れて行ったら、父上が入植《にゅうしょく》を考えるべきだと言い出したのだ。

確かに田畑にする土地には余裕があるけど、入植なんかしたら管理が大変だよね。

学校もあるし、ブリュト商会もあるし、ブリュト島で入植者の管理まですることになったらそれこそ寝る時間もなくなってしまう。まぁ、半神なので寝る必要はないのだけどね。

ともかく、入植に否定的《ひていてき》な考えの俺と、入植推進派《すいしんは》の父上で意見が割れているわけですよ。

父上は入植に必要な人員や入植する人たちはすべて父上の方で手配《てはい》すると言うけどねぇ～。

「父上、もしかしてブリュトゼルス辺境領の各街のスラムの人を送り込もうなんて思っていないでしょうね？」

「なっ！　なんの……話だ……」

正解だったようです。

名目上《めいもくじょう》、ブリュト島はブリュトゼルス辺境領に組み込まれているので、スラムの人を入植させ開拓が進めばブリュトゼルス辺境伯家の税収《ぜいしゅう》が増えるシステムになっている。

しかもスラムの人口が減るので街の治安改善《ちあんかいぜん》にも繋がるオマケ付きだ。今のままでは俺の私有地ってだけで、ほとんど生産的な話にならないので父上としてはこれを機に入植を進めたいのだろう。

しかし考えてみたらすべて父上の方で手配してくれるのであれば、俺はインフラ整備だけしてしまえばいいわけで、それでもいいかと思ってしまう。

「屋敷の管理と田畑の管理で奴隷を何人か置こうとは思っています……ですから大量ではなく、少数であれば考えてもいいですよ」

「そうか！　では早速《さっそく》人選と入植希望者を募《つの》ろう！　最初は1000人程度でいいだろう」

俺が譲歩《じょうほ》したことで気をよくした父上は、ブリュト島への入植事業に予算と人員を割り当てる。

しかも最初から1000人も入植させるという……まぁ、父上の方で人員を手配することになるので俺は入植者たちが住める家を用意するとしよう。

それからブリュト商会の件だが、今の店長はフィーリアからプリエッタに交代している。

プリエッタは父親が病気だったので薬代の借金により奴隷となったのだが、俺の奴隷となりブリュトゼルス辺境伯家に出入りしている薬師《くすし》を紹介してやったので父親も大分よくなっているそうだ。

　俺が治してやれば簡単なのだが、それだとプリエッタもフィーリア同様に俺への恩《おん》を感じ過ぎてしまい宜《よろ》しくないので自力《じりき》でなんとかできるように道筋《みちすじ》だけ用意したけど、それでもかなり感謝されている状況だ。

　頑張り屋さんなのでフィーリアの後任《こうにん》にちょうどよいかなと思って店長に抜擢《ばってき》し、奴隷からも解放している。勿論《もちろん》、奴隷として購入した金額の2倍の金はすぐに用意できないので、俺への借金という形で解放して毎月少しずつ返済《へんさい》をしてもらう。

　それから、新しい役職《やくしょく》をつくり、副店長としてマーメル、製造主任としてセルカ、警備主任としてクランプを抜擢しそれぞれに権限と責任を持たせている。この3人も奴隷から解放しており、プリエッタ同様購入金額の2倍を借金としている。

　ほかの奴隷たちにも解放を持ちかけたが、誰も手をあげなかった。

　どうやら俺の奴隷は超厚遇《ちょうこうぐう》らしく平民《へいみん》以上の暮らしができると評判らしい。更にブリュトゼルス辺境伯の息子である俺の奴隷に手を出す人間も滅多に現れないので安全が確保されているのだ。

◆◇◆◇◆◇◆◇◆◇◆◇◆

　もうすぐ年も暮れようとする時期、北部ではすでに雪が降っていると聞く。

所謂《いわゆる》、年の瀬といわれる神聖暦513年12月。

1月には単位修了試験があり、3回生はこの試験に落ちると2月5日まで補習授業が行われ、これで卒業できるかが決定する。だから必死で勉強をしている時期だ。

そんな時期に俺はブルーム先生に呼び出され、卒業に必要な単位をすべて取得しているので飛び級して2月10日に卒業が決まったと通告《つうこく》があったのだ。

俺の知らないところで話が進んでいたことにビックリだ。

そして、カルラ、ペロン、クララ、プリッツにも同じ件で呼び出しがあったそうだ。でもクラはまだ魔物学の単位を取っていないと言ったら、1月で取れるんだろ？　って返されたそうだ。単位修了試験を落としたら落第《らくだい》ではなく1人だけ普通に進級となる……笑えるな。落ちないかな。

実技の方はすべて技能を満たしているということで、俺を含め5人とも単位をくれるそうだ。俺が魔法や魔術を教えており皆学生のレベルではないから当然だね。

しかし、極めて重大な問題がここで発生している。それはなにかと聞かれれば、就職先《しゅうしょくさき》だ。就職については夏季休暇《かききゅうか》から活動を開始して、11月初旬には決まっているのが普通で、もうすぐ年末だというこの時期では碌《ろく》な就職先が残っていない。

「どうする？　いきなり言われても困っちゃうよ、ボクはなんにも準備していないいんだから」

「カルラ、それは皆同じだよ。あ、クリストフ君はブリュト商会があるし、領地も貰ったから大丈夫だよね？」

「ペロン、領地じゃなくて土地の所有を許してもらっただけだよ」

「同じようなものよ。それに入植もさせるって聞いたわよ。あ、そうだ！　クリストフが私たちを雇《やと》ってくれればいいのよ！」

なんですと？

「僕もそう思っていたけど、それだとクリストフ君に迷惑《めいわく》がかかるし」

相変わらずプリッツ君は控えめだよね。クララの図々《ずうずう》しさを分けてもらえばいいのに。

でも、クララが言っているように、俺が４人を雇うってのはありじゃないかと思う。俺も人手不足だし、４人は就職先がないってことで需要《じゅよう》と供給がマッチしているじゃないか！

「クリストフ君、そんなに真剣《しんけん》に考えなくてもクララたちも本気じゃないから」

「あら、私は本気よ。ペロンもクリストフに雇ってもらいたいと思っているんじゃないの？」

「そうなったら嬉しいけど、でもクリストフ君にだって都合があるだろうし」

「ペロン、ここはボクたちのためにクリストフに脱皮《だっぴ》してもらおう！　それですべて丸く収まるわっ！」

それを言うなら一肌脱《ひとはだぬ》ぐだぞ、カルラ君。俺はヘビじゃないんだから脱皮はしませんよ。

でも某金四郎さんみたいにもろ肌脱いで肩を出して君たちを受け入れようじゃないか！　桜《さくら》吹雪《ふぶき》はないけどね。

「分かった、４人を雇用するよ。これからいろいろと人手がいるから、皆がよければ私のところに来てほしい」

どうせ父上が裏で糸を引いているだろうから、その責任もとらないといけないだろう。４人は俺の巻《ま》き添《ぞ》えになった感があるからね。勿論、父上にもその責任はしっかり取ってもらいますからね。

「よっし！　これで就職先の心配はなくなったね！　じゃぁ、明日からのダンジョン攻略でラスボスを倒して王立魔法学校初の上級ダンジョンの踏破者となるわよっ！」

「あ、ずる～い。私も上級ダンジョンを踏破したかったよ！」

「クララ、まだ中級ダンジョンも踏破していないから仕方ないよ」

「もう、プリッツはいつも引っ込み思案《じあん》なんだからっ！」

「ペロン、明日の用意をするわよ！」

「あ、うん。じゃぁ、皆またね」

ペロンはカルラに引きずられて行きましたとさ。リア充は爆ぜろっ！

そのあと、プリッツもクララに引きずられて行ったので図書室の中はやっと静かになった。

司書《ししょ》さんの視線が痛かったのはカルラたちの責任だ！　あの４人といると面白いけど時と場所を選んで欲しい。残された俺に非難《ひなん》の視線が刺さっているのだからね。

はぁ、なんだかんだでこの図書室とも短い付き合いだったな。まぁ、神様になった俺は人の知識以上の知識へアクセスができるので、最近は本を読むというよりは図書室で暇《ひま》をつぶしている感じだ。

「2月に卒業されると聞きましたが本当ですかっ!?」

あ、また騒々《そうぞう》しいことになりそうだ。

「ドロシー様、落ち着いてください。一応、ここは図書室なんで」

「これが落ち着いていられますか！　なぜ、カルラさんたちも一緒に卒業なんですか！」

「その理由は私が答えられるものではありませんが、残念なことにドロシー様とももうすぐお別れですね。私は3年間一緒《いっしょ》だと思っていたのですが……」

「それで宜しいのですか？」

なにが……俺の卒業に4人を巻き込んだことだろうか？　ドロシー様はお優しい方だから俺の巻き添えになった4人を不憫《ふびん》に思っているのだろう。

ドロシー様は以前のツンデレのツン表情で俺を見つめている。表情は以前のツンだが、雰囲気が違うとなんとなくだが思う。

「私の意思《いし》ではないですから。恐らく父上が動いているのでしょう。あの4人には申し訳ないことをしました……」

「私はそのようなことを言っているのではありませんっ！　クリストフ様は……私と……くっ、なんでもありませんっ！」

ドロシー様は図書室の中をダダダっと走って廊下に出て行かれてしまった。

以前のツンデレが見られて少し嬉しい気もするが、ドロシー様は一体全体なにが言いたかったのだろうか？　なにか不味《まず》いことを言ってしまったのだろうか？……分からん。

図書室で別れてからドロシー様は俺を避けるようになった。教室では俺を見ると教室を出て行ってしまうし、勉強会にも顔を出さなくなった。

廊下ですれ違っても声を掛けてくれないし、声を掛けても聞こえない振りをされる始末だ。

俺の卒業のことでそんなに怒られても俺だって被害者なんだから勘弁してほしい。

「クリストフ、あんたドロシー殿下《でんか》になにをしたのよ？　２人が喧嘩《けんか》しただの、クリストフがドロシー殿下を泣かしただの、皆が噂しているわよ」

「僕もドロシー殿下が泣いていたって聞いたよ」

「それが、私もよく分からないんだよね。図書室でカルラたちと別れてからすぐにドロシー様がみえて、話をしている内に怒り出して……」

俺は先日のことをカルラとペロンに細かく話した。ドロシー様は俺たちの卒業に嫉妬《しっと》しているのかな？

「あんたねぇ、はぁぁぁ」

「それはクリストフ君が悪いと思うよ」

「私のなにが悪いのかな？」

「カルラ、左に魔物！　教えていいのかな？」

「ファイアアロー！　本当に分からないの？」

「エアスラッシュ！　クリストフ君って女心《おんなごころ》が分からないからね」

「ライトニングボルト！　仕方ない、教えてしんぜよう」

俺の悩みを聞いてくれるのは嬉しいけど、ほかのことをしながら魔物と戦闘するのは危ないので止めた方がいいと思います。

でも王族を怒らせたままというのはあまりいい気がしないから、教えてくだせぇ～。土下座《どげざ》ならいくらでもするぞ！

「その前に死体の回収ね」

「……アポート」

「よし、次行くわよ」

「了解」

「……」

俺の悩みの解決より、ダンジョンを進むのが優先ですか？

「そんな顔しないの！　クリストフはドロシー殿下のことをどう思っているの？」

「どうって聞かれても……美人で頭もいいし……王族？」

「なにそれ？　あんた本当にドロシー殿下の気持ちが分からないの？」

「……」

「カルラ、クリストフ君に女心を聞いても……」

なんだよ、その哀《あわ》れむような目は。俺だって真剣に悩んでいるんだぞ！

「分かったわよ、クリストフ、スコップで耳の穴かっぽじってよく聞きなさいね」

おう、聞くから早く言えよ！　でもスコップで耳はほじれないぞ！

「右、魔物！」

「シャインランス！　あとでね」

「エアスラッシュ！」

「ライトニングボルト！」

「アイアンアロー！」

「はい、回収して！」

「……アポート」

てか、魔物が邪魔《じゃま》！　お前ら出てくるんじゃねぇよっ！

「ちょっとあんた、なんで魔力を放出《ほうしゅつ》しているのよ！」

「え、あ～なんだ……魔物がウザイと思ったらつい……」

「ついじゃないわよ。ボクたちの獲物が逃げてしまうじゃない！」

「カルラ、いい加減《かげん》教えてあげなよ」

そうだ、そうだ、教えろよ、カルラ！　早く教えてくれないと、俺泣いちゃうからな！

「はいはい、じゃぁ、改《あら》めて。クリストフはドロシー殿下を綺麗で頭のいい王族って思っているようだけど、ドロシー殿下はクリストフのことを大貴族の子だから親しくしているわけではないのよ。それは分かるわよね？」

それは俺の従兄妹《いとこ》だし、同じ王立魔法学校の同級生だし、ドロシー様のライバルだし……。

「カルラ。たぶん、分かってないよ……」

「あ〜も〜ぅっ。ドロシー殿下はクリストフのことが好きなの！　だからあんたにチョクチョク話しかけていたし、少し距離が縮《ちぢ》まった時にはアピールしていたんじゃないのっ！」

「ほえっ？」

ちょっと待て！　ドロシー様が俺のことをす、す、す、すき……だってっ！

いやいや、それはないだろう、だって…………………あっ、ツンデレだ……自分でドロシー様のことをツンデレって言っていたじゃん……マジか…………………。

「カルラ、クリストフ君がフリーズしているよ！」

「本当だ、こんなにクリストフがアタフタするのも面白いね。とりあえず、あそこの岩陰《いわかげ》で休みを取りながらクリストフが復活するのを待ちましょう。ペロン、クリストフを運んでね」

「えっ！　僕1人で？」

「当然じゃない！　か弱いボクに運ばせる気？」

俺はなんで気付かなかった？　ヒントはいくらでもあったじゃないか？

ドロシー様が俺に好意を持っていることは冷静に見ていたら分かることだろう？

じゃぁ、なんで今まで分からなかった？　俺は無意識《むいしき》でドロシー様を拒否していたのか？

いや、そんなことはない……はずだ。拒否しているなら俺はドロシー様を無視するか排除しようとしていたはずだ。

じゃぁ、なぜだ？　ドロシー様を見ている俺は冷静ではないから分からなかった……？

俺が冷静ではない？　そんなことが…………………………。

落ち着け、俺が冷静じゃなかったら、なぜ冷静ではなかったんだ？

ドロシー様が俺より劣っていたから？　……違う。

ドロシー様が俺より優秀だからか？　……違う。

ドロシー様の地位が欲しいのか？　……違う。

ドロシー様が羨《うらや》ましいのか？　……違う。

ドロシー様が嫌いなのか？　……違う。

ドロシー様が憎いのか？　……違う。

ドロシー様が好きなのか？　……

ドロシー様が好きなのか？　……

ドロシー様が好きなのか？　……

ドロシー様が好きなのか？　……そうだっ！

俺はドロシー様が好きなんだ！　だから平静《へいせい》を装って……ドロシー様の気持ちも分かっていたくせに、見て見ぬ振りをしていたんだ……。

俺は卑怯者《ひきょうもの》だ……ドロシー様に好きだと言うのが怖くて、ドロシー様に言わせようとしていた。

卑怯者のクリストフだ！

くそっ！　どうするっ？

どうするって、答えは出ているじゃないか！　だが、ドロシー様は王族だぞ！

王族や貴族の子供なんて政治の道具として不本意《ふほんい》な婚姻《こんいん》を強《し》いられるのは当たり前だぞ！

俺がドロシー様に告白してもドロシー様はほかの男の妻になるかもしれないんだぞ！

どうするっ！　どうするって、答えは決まっているだろっ！

王族だろうが、神様だろうが俺の気持ちをぶつけるだけだ！

そのあとのことはそのあとに考えればいいんだよっ！

「うううぅぅぅおぉぉぉおおおおぉぉぉぉおおおっ！」

「きゃっ！」

「えっ？」

「俺は決めたぞ！」

「ちょ、ちょっと……なにを決めたのよ？　てか、いきなり大声で咆《ほ》えないでよね」

「うん、ビックリしたよ」

「これからドロシー様に会いにいく！」

「は？　こ、これからって、ダンジョンの中にいるのよ？　ラスボスはどうするのよ？」

「皆殺《みなごろ》しだ！　いくぞ！　出でよ、ラーフ・バトラー！」

　魔法陣以下略。現れたのは俺と契約しているエンジェルだ。

「お呼びでしょうか？　ご主人様」

「あ～これダメなやつだ。クリストフは自重《じちょう》をどこかに置いてきてしまったよ」

「諦めよう、カルラ」

なにをごちゃごちゃ言っているんだ、いくぞ！

「ラーフ・バトラー、俺たちの前に現れる魔物は皆殺しだ。俺の歩みの邪魔をさせるな！」

「了解しました」

俺たちの前に出てくる魔物はラーフ・バトラーが皆殺しにして進んだ。出てこなければ死ななくて済むが、出てきた以上は皆殺しだ。俺の進む道を塞《ふさ》ぐ奴は誰であろうと許さん！

そしてラスボスの部屋。

ん？　なにか罠が発動したようだが、構わん！

「喰らえやっ、地獄の轟炎《ごうえん》！」

「ちょ、きゃーっ」

「うわーっ」

「結界《けっかい》を張ります」

うん、ラーフ・バトラーは気が利くな。カルラたちを守る結界が業火《ごうか》を防ぐ。

……あれ、結界にヒビが……あ、上書きした。よくやったラーフ・バトラー。

ラスボスも1発で倒したので、速攻で地上に戻ろうと思ったらカルラが俺の頭を思いっきり殴《なぐ》ってきた。てか、グーで殴るなよ！　めっちゃ痛いじゃんかよ！

「痛いなぁ、なんで殴るんだよ?」

「クリストフ、落ち着きなさい！　てか、あんたキャラが変わってるわよ！」

「そ、そうだよ。いつものクリストフ君に戻ってよ」

「……」

「てか、ラスボスを1発って……その前になにか光ったわよね?　しかもここまで来たの私たちが初めてなのに、出番もなく一瞬って、ラスボスが可哀想《かわいそう》だと思わないの?」

そうだ、俺はなにを焦っていたんだ?　ははは、そうだよな。ちょっと熱血《ねっけつ》入っていたよ……いかん、俺のアイデンティティは熱血じゃない！　落ち着け、落ち着け俺！

「分かったよ、どうも気が急《せ》いていたようだね。今は冷静になったつもりだよ。カルラ、指示を頼むよ」

「まったくもう。ペロンは奥のあの窪みの索敵《さくてき》を、クリストフはそこの黒こげを回収して。それからラーフさんを戻して」

『了解』

「ラーフ・バトラー戻れ。そしてアポート」

俺はラーフ・バトラーを送還《そうかん》した。出番が少なくて済まないと思っているがイケメンは爆ぜろ！

そしてアポートで炭化《たんか》したラスボスであるダークドラゴンを回収した。

「魔物はいないよ。でも窪みになにかあるみたい」

「分かった、今行くわ。気を緩めないでね！」

奥の窪みでなにか見つけたペロンに近づく。そこには人が1人入れそうな宝箱が鎮座《ちんざ》していた。

「これなんだと思う？」

「宝箱？」

「宝箱だよね？」

カルラが見たままの宝箱を俺たちに確認する気持ちは分かる。今まで初心者に始まり、初級、中級のダンジョンを踏破してきたが、ラスボスの部屋で宝箱など見たことがないのだ。

警戒するのはよく分かる。

「開けるわよ」

念のために神眼で確認しても罠はないようだ。しかし千里眼《せんりがん》でも中身を見ることができなかったので警戒を最高レベルに上げて、カルラが宝箱を開けるのを注視する。

パカ。軽い音だ。

「……本？」

どれどれ？　3人で雁首《がんくび》を揃えて宝箱の中を覗くってのも馬鹿っぽい絵面《えづら》だ。

そこにあったのは確かに本だ。これだけデカイ宝箱に本が1冊……無駄な空間だな。

だけど、この本から魔力を感じる。なるほど、どうやらこの本は魔導書《まどうしょ》のようだ。しかも……。

「これは『グリモワール』、意思を持った魔導書だね。下手に触るのは避けた方がいいね。私が預かるけどいいかな？」

「僕はクリストフ君に任せるよ」

「そうね、下手に触るよりはクリストフに任せるわ。でもあんた大丈夫なの？」

「ああ、もう冷静だし、グリモワール程度でどうにかなることもないよ。じゃぁ、アポート！」

俺は『グリモワール』に触れることなくアポートで直接ストレージに放り込んだ。

「よし、もうないだろうから、地上に戻るわよ」

『了解！』

◆◇◆◇◆◇◆◇◆◇◆◇◆

「殿下、私に少しお時間をください」

俺は真面目にドロシー様と話さねばならない。でなければ、俺は後悔するだろう。

「……」

俺がドロシー様に近づくと、取り巻きの女生徒たちが俺とドロシー様の間に割って入る。

「ドロシー様になんの御用でしょうか？」

邪魔。今の俺は冷静さを取り戻してはいるけど他人を気遣《きづか》ってやれるほど余裕があるわけではないので、女生徒たちには退場願う。

『っ！』

膨大な魔力の奔流が女生徒たちを襲う。当然のことだが、これだけの魔力を浴びせられ平然としていられる者などそうそういないので、女生徒たちはその場にへたり込む。

「……クリストフ様、……その魔力を……止めて……いただけますか？」

ドロシー様は直接俺の魔力を浴びていないので、なんとか声を出すことができていたが、女生徒たちは真っ青な顔をして虚《うつ》ろな目で空を見つめ唇をガタガタ震わせている。床も濡れている。いろいろ見てはいけない光景だ。

「殿下、お話を……」

「彼女たちを放ってはいけません」

「お話を……」

「……あの……カフェに」

ドロシー様を脅迫《きょうはく》したようで申し訳ないが、今の俺を邪魔する奴は魔力だけで殺せる気がするし、そんな奴らを気遣う余裕はない。

俺はドロシー様の手を取り校内のカフェに向かう。

今の魔力放出で数人の生徒たちが俺に視線を投げてきているが、そんなことは些細《ささい》なことだ。

椅子に座り、ウェイトレスに紅茶を頼みドロシー様に視線を移す。授業中なのが幸いして、店内には生徒の姿はない。

沈黙が流れる。なにをどう言えばいいのか分からない。

あれこれ考えている内にお茶がテーブルに置かれウェイトレスは下がっていく。

「……話とはなんでしょうか？」

「……」

勇気を出せよ、ここでなにも言わなければ俺は後悔するぞ！

「お話がなければ私はこれで……」

え〜い、ままよ！

「私はっ！」

緊張で声が上ずってしまった。落ち着け！

「私は、殿下にお詫《わ》びをしなければなりません」

「……詫び？……」

ドロシー様が訝《いぶか》しげに俺を見つめる。

「私は殿下から逃げておりました……」

ドロシー様が目を大きく開け、「なぜ？」と口を動かしたように見えたが、それは声にはなっていない。

「申し訳ありません。もう逃げることはしません……だから……だから……」

ドロシー様は不意に席を立ちこの場を去ろうとする。だが、俺も立ち上がりドロシー様の手を取り、ドロシー様を繋《つな》ぎ止める。

「離して……ください」

俺はドロシー様の手を握ったまま、ドロシー様の前でひざまずく。そしてドロシー様の目を

しっかり見て口を開く。

「私はドロシー殿下を愛《いと》おしく思っております」

顔から火が出るかと思った。どうやって伝えようかいろいろ考えたが、結局はストレートに言う……てか、日本人だった頃から愛の告白なんてしたことがないので、気の利いたことなんて言えないいんだよ！

「どうか私の心をお受け取りください……」

三章 誕生日

「あんた、やるわねっ！　まさか人目《ひとめ》を憚《はばか》らずドロシー殿下を連れ去るなんて、思い切ったことしたわね。ボクはクリストフを見直したよ！」

「あの魔力を浴びた女生徒の2人が可哀想だったけど、クリストフ君がドロシー殿下をお連れしたあとでちゃんとカルラと僕で介抱したから安心してね」

「あんなの放っておけばよかったのよ。人の恋路《こいじ》を邪魔するような野暮《やぼ》なことをするから罰《ばち》が当たったのよ！　あ、本物の神様からの神罰《しんばつ》だわね」

カルラがうまいこと言っているけど、俺はあのあと大変だったんだぞ！

校内で膨大な魔力を放出したことで担任のブルーム先生に呼び出されめちゃくちゃ絞《しぼ》られ、そのあとは生徒たちから好奇《こうき》の目で見られるわ、クララやクリュシュナス姉様からは一言一句《いちごんいっく》漏《も》らさず吐《は》けと問い詰められるわ、この世界で初めての羞恥心《しゅうちしん》を味わったよ。

え？　ドロシー様の返事はどうなったのかって？　……それを聞くのかい？

ドロシー様は……「少しは大きくなっていますのよ」って返してきたけど、最初なにを言っているのか分からなかった。

しかしドロシー様が片手を胸に当てているのを見て「はっ！」と気付いたのです。

だから慌てて「大きくなったからではない！」と否定したのですが、それがおかしかったのかドロシー様は声を出して笑われ、ひざまずいていた俺を立たせ返事をしてくれたんだ。

「私もお慕《した》いしております」

俺は小躍《こおど》りしたね。文字は違うけど本当に踊ったよ。ドロシー様の両手を取り2人でクルクル踊った。店員に怒られるまで。

「ところで、ボクたちの就職先はブリュト商会でいいのかな？　お父様がどうするのか五月蠅《うるさ》くてさぁ～、教えてあげたいんだよね」

思いっきり話題を変えましたね。さすが、我が道を行くカルラ君だね。

「僕はクリストフ君に仕えるって言っちゃってるけど、いいよね？」

ペロン君も早いね。まぁ、親に卒業を報告しなければならないのは分かるけど……君たち、そんな時間がどこにあったんだい？　まさか、あの図書室のあとにダンジョン踏破の準備をするって言って出て行ったあとで家に報告しに行ったのかい？

「そうだね、ブリュト商会の方が自由が利くけど、ブリュトゼルス辺境伯家の方がいいのかな？　どの道、父上と卒業のことをいろいろと話さなければならないので、今日の昼から屋敷に戻るつもりだったし、皆のことも相談してくるよ」

「あ、ボクはできればブリュト商会がいいな～。ブリュトゼルス辺境伯家への仕官《しかん》だと箔《はく》がつくけど堅苦《かたくる》しそうだもん」

「そうだね。僕みたいな平民階級の自由民《じゆうみん》だと大貴族のブリュトゼルス辺境伯家への仕官は腰が引けちゃうよ」

「2人の実力があればブリュトゼルス辺境伯家の魔術師団でもすぐに頭角を現すと思うけどね。でもブリュトゼルス辺境伯家への仕官でもカルラたちにやってもらうことは決めているんだよね」

「ボクたちはどんなことをするの？」

「それは見てのお楽しみで」

『え～～』

◆◇◆◇◆◇◆◇◆◇◆◇◆

「学校に手を回しましたね？」

聞き方が分からないからストレートに聞いてみました。

「なんのことだ？」

「先日、担任のブルーム先生より来年の2月で卒業だと言われました」

「ほう、それはめでたいな。たった1年で王立魔法学校を卒業など聞いたことがないぞ」

「とぼけるのですか？」

「なにもとぼけるようなことはないが？」

さすがは政治の舞台で鍛え上げた、海千山千の父上だ。俺の追及《ついきゅう》などそよ風程度も感じていない。

「そうですか……では、卒業後の話なのですが」

「うむ、卒業後はどうするのだ？」

「はい、私は冒険者になろうと思います」

「ほう、ぼうけ……冒険者っ？　……ブ、ブリュト商会はどうするのだ？　ブリュト島はどうするのだ？」

焦ってるな。思う存分、焦ってくださいね。

「ブリュト商会はすでに私がいなくても回っておりますし、ブリュト島は放置してもなんの支障《ししょう》もありません」

「それでは陛下より賜《たまわ》った土地を放置すると言うのか？」

放置もなにも、俺の土地を俺がどう扱おうと俺の勝手ですよね。

「ブリュト島は領地として拝領したわけではありません。あくまでも軍事物資の代金としていただいたものであり、ブリュト島に関しては開発しなければならない理由もありませんので一生放置でも構いません」

「それは困るっ！　あっ」

馬脚《ばきゃく》を露《あらわ》したぞ。

「聞かせてくださいね」

「……分かった……ただ、セシリアには内密《ないみつ》に頼む」

ははは、父上も母上が怖いようですね。

「それは無理です。母上には父上がなにかしていると、もう言ってしまいました。あとから母上の追及があると思ってください」

「ぐっ！」

この世の終わりのような顔をする父上を見るのも偶《たま》にはいいだろう。大体、息子をなにかの陰謀《いんぼう》に巻き込んでいる父上は痛い目を見るべきだ。

さぁ、吐け！　さっさと吐け！　我に告白するんだ！

「シルクスパイダーだ。……シルクスパイダーの糸は流通量が少ないのは知っているな？」

俺は首肯する。

「陛下とイグナーツの話をした時に、偶々クリストフが作った産着の話をしてしまったのだ。私も話したあとにしまったと思ったのだが、あとの祭りでな……」

「私はシルクスパイダーの糸をどこで手に入れたか話しておりませんよ？」

「それは私も陛下に申し上げた。だが私も陛下もシルクスパイダーの糸の出所はブリュト島だと思っている。いや、確信している」

タイミングが悪かったな。ブリュト島を俺の所有としてからすぐにだもんな……俺にも責任の一端はあるか。

「ここまで言ったのだ。ぶっちゃけるが、シルクスパイダーの糸を供給して欲しい。クリストフも知っていると思うが、シルクスパイダーの糸から作られた生地で仕立てられたウエディングドレスは王家の婚姻《こんいん》には欠かせぬものだ。最近は流通量が少なく陛下も頭を悩ませておられたのだ」

「そのような話であれば私も拒否することはありません。最初からそう言っていただければよかったものを。しかしそのような話があるということは王家のどなたかの婚儀《こんぎ》が近々あるのでしょうか？」

素朴な質問をしてみた。

「年頃の王女殿下が数人いるからな、準備は早めにしておく必要はあるだろう。特にクリストフと同級のドロシー殿下は最も早く婚儀を挙げることになるだろう」

なんだと？　ドロシー様が婚儀だと……まさか！

「ち、ち、ち、ち、父上！」

「なんだ？」

「ド、ド、ド、ド、ドロシー様の……こ、こ、こ、婚儀……ですか？」

「大丈夫か、水でも飲んで落ち着け」

「そ、それよりも、ドロシー様……」

「なにを言っているのだ。――――とドロシー殿下の婚儀ではないか」

「へ？」

このおっさんなに言ってるんだ？　なんだって？　あかん…………………………ハァ、ハァ、ハァ、ハァ、ハァ、ハァ、ハァ、ハァ。過呼吸《かこきゅう》だ……意識が遠のく…………………。

今後の俺や4人、そしてドロシー様のことを相談しようと屋敷に戻ったら、思わぬ話を聞いてしまった。俺にとっては核弾頭《かくだんとう》をぶち込まれた以上の衝撃だ。

「おい、クリストフ、大丈夫かっ！」

「ハァ、ハァ、ハァ、ハァ、ハァ、ハァ、ハァ、ハァ……父上？」

「しっかりしろっ！　水だ、ゆっくり飲め」

どうやら俺はあまりのショックで気を失いかけたようだ。父上に貰った水を飲み一息ついた俺は寝かせられていたソファーに座りなおす。

「すみません、お騒がせしました」

「そんなことより大丈夫なのか？　まさかまた病にでも……」

父上の最後の言葉を俺はかき消す。

「神である私が病魔《びょうま》に侵されることはありませんよ」

「……それならよいのだが」

「それよりもドロシー様がなんと仰いましたか？」

「ん？　あぁ、ドロシー殿下とクリストフの婚儀のことか？」

はい、ストップ！　なんでそんな話になっているのですか？　本人たちは昨日、お互いの気持ちを確かめたばかりですが？

「その、……私とドロシー様の婚儀の話はいつから……？」

「お？　……あああぁ、もしかしてセシリアから聞いていなかったのか？」

はい、ストップ！　母上は俺とドロシー様との結婚話を知っていたのですね？　てか、本人不在でそんな話になっているなんて貴族って怖いわ。

「そうか、聞いていないのだな。あれはもう4年近く前になるか……ドロシー殿下がわざわざブリュンヒルへ赴《おもむ》かれクリストフを見舞ってくれたことがあったのだ。その時にクリストフが明日をも知れぬ状態にもかかわらずドロシー殿下がお前との婚約をと願って来たのだ」

はい？　では、俺の記憶がなくなっている頃の話なのか？

「その頃のクリストフはすでに侍医にも見放されておったので、そのことはクリストフが成人した時にと陛下と私でドロシー殿下を諫《いさ》めたのだ」

そして俺が回復して今では神様になってしまったと……ん？　ちょっと待てよ。

「私はまだ13歳です。年が明けても14歳で成人には達していませんが？」

「陛下……がな、婚約だけでもすぐにと仰っておいでな……クリストフが軍事物資を提供したことで陛下の評価が上がったのだろう。ブリュット商会の財力、王立魔法学校の成績、そしてシルクスパイダーと、クリストフは陛下の興味を引き過ぎた」

ははは、俺のせいかよ！　だが、それであれば俺とドロシー様が付き合っても問題ないってことじゃないか！　棚からぼたもち。いや、災い転じて福となす者の効果か？

「ドロシー様とのことは分かりました。そこで今後の予定をお聞きしたいのですが？」

「そうだな。クリストフの卒業を知った陛下のお声掛かりでクリストフは子爵《ししゃく》へ叙爵《じょしゃく》されることになる。卒業後すぐの予定だ。叙爵と同時にドロシー殿下との婚約が発表され、ドロシー殿下が成人する頃に婚儀という運びになるだろう」

結局、俺は子爵にはなるんだね。でも王女を妻に迎えるのに子爵では爵位が低いのではないか？　てか、陛下も一枚噛んでいたんだね。

「その頃にはクリストフも伯爵へ陞爵《しょうしゃく》される予定だ。理由は……まぁ、いろいろこじつけてだ」

確かに王女を迎えるのに伯爵ならば問題はないと思うけど、完全な見切り発車だぞ。

こういうのを捕らぬ狸の皮算用《かわざんよう》っていうのだと思う。

「まぁ、ブリュト島の開発で陞爵というのが一番濃厚だな」

さいですか。なにかいろいろ悩んだ俺が馬鹿みたいじゃないか。

「分かりました。では次は私の巻き添えになって飛び級して卒業する４人のことですが、私の下で働いてもらうことにしましたので、ブリュトゼルス子爵家への仕官ということでよいでしょうか？」

「その４人はお前の直臣《ちょくしん》として子爵家で召し抱えればいいだろう。いずれは伯爵家を支える者となってくれると期待しよう。それからクリストフには我が家の分家ではなく新しく家を興してもらう。断絶している名家を再興するのでもよいが、分家では王女殿下を迎えるのに風聞《ふうぶん》が悪いのでな」

新しい家か……俺的には家名はブリュトゼルスでよいのだけど。まだ転生して2年ほどだが、結構ブリュトゼルスに親しみを持っているのだ。

「新しい家名は陛下より賜る形になる。希望があれば陛下にお伝えしよう」

新しい家名をどうするか……断絶した名門家の名では縁起が悪いしな～。

「それとブリュト島の入植についてだが、年が明けた1月中頃には第1陣の入植を実行する。その前のクリストフの誕生日会に政務官《せいむかん》を紹介するから、そのつもりでいるように」

◆◇◆◇◆◇◆◇◆◇◆◇◆

神聖暦513年が暮れ、神聖暦514年1月1日となった。

新年、明けましてオメデトウ！　今日は俺の14歳の誕生日でもあるのだ！

本来であれば14歳の誕生日は盛大に祝うことはないが、俺が新しい家を興すことが決定事項なので1年前倒しで成人として祝ってくれることになった。

しかし年末に急遽《きゅうきょ》いろいろなことが決まったのに多くの来賓《らいひん》がある予定でビックリだ。

15歳成人は基本ってだけで、12歳で成人し結婚する人だっているので俺が14歳で成人してもなにも不思議ではない。ただ、14歳で成人するのは俺だけど俺は知らなかったよ？

朝から陛下の使者が訪れ祝辞《しゅくじ》が述べられ、2月15日に俺の子爵への叙爵式が行われる旨《むね》のお言葉を賜った。

昼、祝いのパーティーが行われる頃にはジムニス兄上が2人の姉、エリザベート姉様とクリュシュナス姉様を伴って駆けつけてくれた。

「クリストフ、おめでとう。1年早いがお前も成人だな」

ジムニス兄上は俺の肩をバンバン叩きながら成人を祝ってくれた。てか、痛いです。

「クリストフも一人前なので今日は飲むわよ！　付き合ってくれるわよね？」

そしてエリザベート姉様は俺に抱きつきながら酒を勧めてくる。もう酔っているのか？　酒乱《しゅらん》の気がありそうなエリザベート姉様。てか、まだパーティーは始まっていません。

「成人おめでとう。クリストフに先を越されてしまいましたね」

クリュシュナス姉様は俺の頭を撫でながらいつまでも俺を子供扱いです。時々頬をムニムニするのは止めてください。

「クリス兄様。成人、おめでとう御座います。来年は一緒に王立魔法学校で過ごせると思っていましたのでとても残念です。でもクリス兄様がとても優秀だって皆に知ってもらえて嬉しいです」

アンは俺に抱きつきながら上目使《うわめづか》いでお祝いを述べてくれる。可愛いので頭を撫でてやると嬉しそうに目を細める。とても可愛いです！

そしてカルラ、ペロン、クララ、プリッツも祝いに来てくれた。親同伴で。

来賓がおおむね集まったし、開始の時間になったので父上が挨拶を行う。

「皆様、息子クリストフのためにお集まりいただきお礼申し上げる。このたび、クリストフは王立魔法学校を1年で卒業することになり――――」

長ったらしい父上の挨拶は聞き流し、宴は始まった。そして来賓からの挨拶が始まる。

挨拶は上位の貴族から順に俺の知らない貴族のおっちゃんやおばちゃん、知らない同年代の紳士淑女の挨拶が続く。

実は同年代の紳士淑女でも紳士の方が多いのだ。新しい家にはなにが必要か……そう、家臣が必要なのだ。つまり新興貴族の俺に仕官をしたい貴族家の部屋住みや王国の兵士になっている者などいろいろな者がこの場に集まっている。

そしてもう1つの理由が、2人の姉である。エリザベート姉様は今年18歳になり結婚適齢期《けっこんてきれいき》だが未だに相手が決まっていないし、今年15歳になるクリュシュナス姉様に関しても同様に相手が決まっていない。

長女と次女、それに三女のアンだって11歳になるので俺と同じような年代であれば結婚相手として問題ない。ブリュトゼルス辺境伯家の美人三姉妹がいい意味でスポットライトを浴びている。

父上は母上（俺のお婆様）が自由民だったから、3人さえよければ相手に家柄を求めていない。長男のジムニス兄上には侯爵家出身の嫁がいるし、俺は王族のドロシー様との婚約が決まっているので、姉妹3人の婿には家柄を望まないようだ。

ただし、エリザベート姉様はいい年なのでこのままだと父上の強権発動で許婚《いいなずけ》が決まるだろう。

「ロイド・フォン・アダチです。このたびは娘カルラがお世話になります。不束《ふつつか》な娘ですが宜しくお願い申し上げます」

カルラの父親とは思えないほど腰の低い人だというのが俺の第一印象だ。しかしなにかカルラが俺に輿入《こしい》れするかのような挨拶だな。

一応、来賓の挨拶は主役の俺とその両親である父上、母上の3人で受ける。

カルラの家は子爵なので新設される俺の家と同じ格だが、俺のバックグラウンドがブリュトゼルス辺境伯家なので俺に対しても丁寧な対応だ。

「ランドセン・フォン・ヘカートで御座います。息子プリッツ、娘クララにお心を砕いていただき、このランドセン、これ以上の喜びは御座いません」

ランドセンさんはプリッツの父親とは思えないほどのゴツイ体格でしかも髭面《ひげづら》だ。クララやプリッツが美男美女なので遺伝子が受け継がれているのか心配にならないのかな？

ヘカート家は騎士爵でここだけの話ではないが、領地に金山《きんざん》があるので騎士爵家としては経済力があるし、領地の開拓も順調で人口も年々増えているそうだ。ここでブリュトゼルス辺境伯家と親しくなれば男爵位も見えてくるだろう。

どうでもいいけど、クララやプリッツたちの家名がこの世界《ヘカート》と同じ家名って知ったらどのような反応をするかな？

クララは「へ～そうなの？」って言いそうだし、プリッツはオロオロしそうだな。

「レオナルド・クックと申します。クリストフ様とは以前お会いしております。此度《こたび》、息子のペロンをお引き立ていただき、なんとお礼を申してよいやら、誠心誠意仕えさせていただきます」

レオナルドさんが俺に仕えるのかとも思える挨拶だったが、気持ちは伝わってきた。ペロンの父親は相変わらずダンディーなオジ様です。

人好きのする笑顔で挨拶すれば、来賓のマダムもイチコロだろう。

俺は王都に来て1年だが、出歩くのも護衛が付くので必要以上の外出はしていない。だから王都のことには詳しくないが、王都の料理レベルは低いと思っている。

そんなこの王都で唯一美味しい料理を出す『レストラン・クック』のオーナーシェフだ。


来賓の挨拶も終わり、俺はやっと料理に手をつけることができた。

「すごい人ね。さすがは飛ぶ鳥もコンガリ焼けるブリュトゼルス辺境伯家ね」

どんな比喩《ひゆ》だ！　もう少し言いようがあるだろうに。

「やぁ、クララ。君のお父さんと初めてお会いしたけど、将来のプリッツのイメージが掴めなくなったよ」

「あははは、お父様は生粋《きっすい》の武人だからね。私たちはお母様似なのよ」

あの体格で魔法使いですって言われても違和感しかない。たしかクララたちの母親は元宮廷魔術師だったよな。遺伝子のすべてが母親譲りって感じでよかったね。

「そういえば、ドロシー殿下はみえないのね？」

「さすがに無理だよ。王女が貴族の誕生日にいちいち出席していたらきりがないからね」

婚約発表は俺が子爵位を受けた時にされるし、今から特別扱いはできないようだ。だけど明日は一家総出で登城し、陛下へ新年の挨拶を行うのでドロシー様に会うことができる。

「クリストフ様、こんな壁際で休憩ですか？　おや、美しいお嬢さんとお2人で、これは失礼を致しました」

肌が日焼けによって褐色であり、身長は2ｍもあるが体の線は細い。パッと見、ダークエルフのようにも見えるがじつはドワーフだ。

ドワーフで身長が2ｍってあり得ないだろうと思うのだが、生粋のドワーフである。

「……エグナシオ殿。楽しんでおりますか？」

彼の名前はエグナシオ・フォン・デシリジェム、デシリジェム男爵家の三男でこのパーティーに来てくれた同年代の男性だ。

「皆様、クリストフ様が目当てでしょうが、淑女が多く私の目を癒してもらっていますよ」

「それはよかったです」

「そちらの淑女には残念ではあると思いますが、主賓であるクリストフ様が淑女の皆様にお声を掛けては如何ですか？　皆様、クリストフ様を射止めようと必死ですよ？」

「今の時期にクリストフに言い寄っても無理なのにね」

「ほう、それはあの噂が本当だということでしょうかね？」

「あの噂？」

「先月のクリストフの行動を思い出せば分かるでしょ？」

あああ、ドロシー様との……え？　噂になっているの？　ちょっと……いや、かなり恥ずかしい。

「……クリストフ様が淑女方のお相手ができないのでしたら私がなんとかしてきますか。クリストフ様、1つ貸しですよ？　はははは」

エグナシオは王立騎士学校の2回生で、俺と同じ年だ。しかも王立騎士学校の開校以来の強者だという噂ですでに王国騎士団や有力貴族家が食指を伸ばしているらしい。

だが、エグナシオ本来の力はそれだけではない。俺もエグナシオを家臣にしたいと思うような秘密がエグナシオにはある。

「あんな細身で最強の騎士として将来を嘱望《しょくぼう》されているんだからすごいわね」

クララは少し頬を赤めてエグナシオの後ろ姿を見送る。乙女のクララなのか？

クララも年頃だしイケメンで将来を約束されたエグナシオみたいな男に惚《ほ》れても不思議はないな。

そういえば……プリッツよ、いつからそこにいたんだ？　存在感がなさすぎだろ！

「プリッツ、カルラやペロンは？」

「え、え～っと、あそこにいるね」

それだけか！　もっと存在感をアピールしてもよいのだぞ！

プリッツが指した方を見るとカルラとペロンの父親が親しく話をしている脇に２人がいた。２人はなにやら俯《うつむ》き加減でペロンはともかく、カルラはいつもの勢いがないように見える。２人とも親の顔合わせをしているようだ。くそっ、リア充は爆ぜろ！

って、俺もリア充の仲間入りしてたじゃん！


「クリストフ、ここに居たのか。お前に紹介する者がいるのだ」

父上のやや後ろには線の細い40代と思われるインテリ風の男性が立っていた。

「この者はセレト・ガウバー。ブリュト島の政務官にと考えている者だ」

「クリストフ様、初めて御意《ぎょい》を得ます、セレト・ガウバーと申します。此度はお館様に機会を与えていただきましたので、ブリュト島開発に誠心誠意努力したいと思っております」

「クリストフです。宜しくお願いしますね」

神経質そうに見える。しかし細やかな気遣いができるような感じも受ける。父上の紹介だしハズレはないだろう。

◆◇◆◇◆◇◆◇◆◇◆◇◆

俺が子爵に叙爵されると同時にブリュト島は正式に俺の領地となる。だから年が明けてすぐに入植が開始され、人口０人のブリュット島が今では人口１１１３人となっている。

俺の屋敷の周囲の土地を区画整備し事前に家屋を建てておいたから入植に慌てることはない。

入植希望者が予想以上だったこともあり、父上もっと入植をさせたかったようだけど、最初からそんなに多くの人を受け入れてはうまくいかなかった場合が大変なのでこの数字に落ち着いた。

しかし入植や開発に関する細かい仕事はすべてガウバーがやってくれたので助かった。

なんでもテキパキ処理してしまうので意外と入植の大変さは感じない。

「お館様、開墾済みの土地がまだ余っておりますれば、更なる入植を進めたく思います。ご許可をいただけますでしょうか？」

「ガウバーが問題ないのであれば構わないよ」

「ありがとう御座います。では、この書類にサインをお願い致します」

ガウバーが差し出した書類に目を通し問題ないのでサインをする。


数日後、再びブリュット島を訪れる。

このブリュット島はとても大きな島だが、島全体が切り立った崖によってこれまで人の立ち入りを拒んで来た。

面積は日本の北海道と九州を合わせたほどの12万平方㎞とかなり大きい。

ブリュット島と本土の間には海があるので簡単には行き来できないし、ブリュット島に港を造らないと誰もブリュット島に入ることができない。

今は転移《てんい》ゲートを設置して使用しているが、この転移ゲートを使用するには俺の許可が必要だし、一回起動させるのにランクAの魔物の魔結晶が必要となりコスパが悪い。

ブリュト島の南側にちょうどよい入り江がある。入り江なので波も穏やかだし大きな船が入れるだけの広さもある。

俺は土属性の魔法を駆使して断崖をくりぬく。巨大な穴が崩れてこないように幾重にも補強を施す。更に時空属性の魔法で状態維持も施す。

そこに桟橋をかけ、船が寄港できるだけの設備を築く。

あとはこの大きな穴を地上に繋げる。緩やかな坂を造りリフトを設置する。大きな荷物どころか4頭引きの馬車も載せることができるリフトだ。そのリフトを8機設置して地上に大きな倉庫街を含む町の基礎を築く。

新しく築いた港町、そして俺の屋敷がある開拓中の町。その距離はおよそ100㎞で道路整備をすればゴーレム馬車なら3時間もあれば到着する距離だ。

しかし物流を考えた俺はこの2つの町を繋ぐ線路を設置することにした。

蒸気機関車《じょうききかんしゃ》でもよいが、この世界は魔法の世界だ。だから魔導《まどう》機関車を創る。

時速100㎞で走らせれば1時間で到着するし、新幹線のような高速走行をさせればもっと早く到着するだろう。

新幹線のように高架橋《こうかきょう》を築き複線の線路を設置する。高さ20ｍほどの高架橋には等間隔《とうかんかく》で魔物除けのマジックアイテムを設置するとあとは魔導機関車を創るだけだ。

「……クリストフ様、これを1日でお作りになられたのですか？」

「ん？　そうだけど？」

「お館よりお聞きしていましたが、クリストフ様の規格外さを垣間見た気がします」

「ガウバー、禿《は》げるなよ」

「それをクリストフ様が言いますか……」

そして数日後、俺はカルラたち4人を連れてブリュト島の屋敷に赴いた。

4人には今後ダンジョンに入ってもらう予定をしている。

「私たちにそのダンジョンを攻略しろってのは分かったけど、なんで？」

フィーリアが淹れたお茶を飲みながらクララが理由をきいてくる。

「難易度の調整をするには誰かに攻略してもらうのが一番で、その点、6人はパーティーとしてもちょうどよい人数だから皆に頼むことにしたんだ」

「6人？　って、ボクとペロン、クララ、プリッツ……あとはクリストフと誰？」

カルラは6人のメンバーについて考え腕組みをする。その姿はなぜかおっさんに見える。

「私はダンジョンマスターなのでパーティーメンバーに入れないでね」

「じゃぁ～誰なのよ？」

「カルラ、ペロン、クララ、プリッツのほかに……」

『ほかに？』

「フィーリア」

『フィーリア⁉』

「ちょっと待って、フィーリアは侍女だよね？」

「クララ、大丈夫だよ。フィーリアは強いから」

フィーリアはお爺様によって戦闘訓練を積み重ね、ものすごく強くなっている。

フィーリアが最も得意とするのは槍で、槍を使えばお爺様やフェデラシオ叔父上を圧倒し、剣でも互角以上に戦える。前衛としてはこれ以上ないほど頼もしい存在だ。

「……そ、そうなんだ……で、あと1人は？」

「……ドロシー様」

『っ！』

ドロシー様と言った瞬間皆が固まり、復活してからはドロシー様をパーティーメンバーとすることに否定的な意見を皆が言う。

王女様をパーティーメンバーにして怪我でもさせたら大問題になるというのだ。その気持ちは分かるが、そんなことにならないように手は打っておくよ。

あ、因《ちな》みにドロシー様も俺たちと一緒に王立魔法学校を卒業する。単位はこの1月ですべて取得する予定なので取れれば問題ないと、圧力をかけたらしいのだ。

四章　叙爵と勅命

「ここが王都の拠点なのね……デカイわね」

カルラが屋敷を見上げて、口も開けている。間抜《まぬ》けな顔だ。

「ブリュトゼルス辺境伯家の屋敷を払い下げてもらったんだ」

ブリュトゼルス辺境伯家は王都に3つの屋敷を所有しているけど、その1つはお爺様の隠居所《いんきょ》として建てた屋敷で全然使われていなかったので俺が譲り受けたのだ。

勿論、親子でも代金を払っている。少しくらい値引きしてほしかったけど。

「お爺様の隠居用に用意したらしいけど、ほとんど使っていないんだ」

「さすがはブリュトゼルス辺境伯家ね。王都の一等地に屋敷を遊ばせておくなんて」

現在この屋敷はルーナが数人の侍女を引きつれ屋敷内の確認を行っている。俺専属の侍女だったルーナは俺の独立に合わせ俺の世話をするためについてくることが正式に決まったのだ。

「ルーナ、皆は知っているね？　カルラ、ペロン、クララ、プリッツだ。宜しく頼むよ」

皆の顔を知っているので話は早い。

「クリストフ様、準備できました」

「今行くよ」

彼はフェデラー・トーレス。ブリュトゼルス辺境伯家の騎士団の副団長で俺の剣の師匠でもある。とはいっても俺の剣の腕はとても見られたものではない。不肖《ふしょう》の弟子なのだ。

フェデラーは俺が新しい家を興すにあたり俺の家に移籍してくれることになっている。今まで千人以上の部下がいたのに俺の家臣になると百人程度の部下しかいなくなる。こんな条件でよく来てくれたものだ。

そのほかには俺の護衛騎士たちも移籍を決めてくれた。

護衛騎士の隊長だったヒューマンのゲール、怠け者のイケメンでヒューマンのレビス、敵にはサディストだけど子供好きの虎獣人のウィック、真面目な天人のジョブ、身軽な猫獣人のプリメラ、準騎士でヒューマンのジャバンだ。

あとは魔術師団からエルフのエリメルダが移籍してくれることになっている。

それ以外にも王城で働いていた文官にも数人移籍してもらうことになっている。

新規登用で数を揃えることになるが、俺はまだ家を興していないので公に人材を集めることは今のところはない。

今からブリュトゼルス辺境伯家から移籍してくれた騎士や兵たち、そしてその家族との顔合わせのために訓練場に向かう。屋敷の広い庭に集まり決起集会をやろうというのだ。

「皆、ブリュトイース家に来てくれてありがとう。これからはブリュト島に移ってもらうことになるが、皆の働きに期待する。今日は皆と親睦《しんぼく》を深めたいと思い食事を用意した。酒もたんまりあるのでしこたま飲んでくれ！」

『おぉぉぉぉぉっ！』

百人ほどの男たちにその家族、そしてカルラたち4人。ブリュトイース家に移籍してくれた人とその家族でブリュト島への移住者は関係者だけで350人を超える。

庭に並んだＢＢＱ《バーベキュー》セットにはすでに火が入っており、肉や野菜が網の上でいい匂いを出している。

これだけの人間が集まると給仕だけでも大変なので決起集会の料理をＢＢＱ形式にしたのだ。

簡単な料理ではあるが、ちゃんと塩・胡椒をしてタレも用意してあるので日本のＢＢＱと大差ないし、肉に至ってはキロ10万Ｓは下らないドラゴンの肉をはじめ数種類の肉を用意しているし、野菜だっていろいろ取り揃えている。

「お館様、皆喜んでおりますぞ」

「喜んでくれたのなら嬉しいな。フェデラーも今日は仕事のことを忘れたくさん食って飲んでくれ」

「ありがとう御座います！」

こうして350人ほどの関係者と家族が美味しいBBQを食し、ワイワイガヤガヤ騒ぎ親睦を深めるのだった。

◆◇◆◇◆◇◆◇◆◇◆

俺、ドロシー様、カルラ、ペロン、クララ、プリッツ、そしてクリュシュナス姉様が王立魔法学校を卒業した。懸案《けんあん》だったクララもちゃんと単位を取得している。

この数日後には俺の叙爵式とドロシー様との婚約発表が控えている。

「クリストフ殿、15日の叙爵式を楽しみにしているぞ」

激務《げきむ》のせいか見た目はかなり老けている国王陛下も愛娘のドロシー様の卒業を祝うと共に俺に声を掛けてくれた。

「堅苦しい挨拶は不要だ。それよりも（もそっとドロシーを訪れてやってくれ、毎日寂しそうにしておるのだ）宜しく頼む」

陛下は小声でドロシー様に聞こえないように囁く。

「父上様、なにを話されていたのですか？」

「ああ、叙爵式をドロシーが楽しみにしていると話していたのだ。クリストフ殿に会えるからの」

「な、なにを！」

「ははは、クリストフ殿、くれぐれもな」

「はい、陛下」

陛下はドロシー様と共に帰っていく。護衛のジムニス兄上やエリザベート姉様はお仕事頑張ってください。


クリュシュナス姉様は宮廷魔術師見習として3月後半から登城が決まっている。

クリュシュナス姉様なら優秀な魔術師になれるだろうが、祝いとしてはローブを贈ろうと思っている。

父上と母上（側室の2人も含む）からは杖、ジムニス兄上とエリザベート姉様からは魔導書が贈られたので、アンと俺の2人は共同でローブを贈ることにしたのだ。

ローブの材質はフリージアという植物の魔物から取れる繊維をより合わせた糸で織った布だ。この布は植物系の魔物から取れるのだが、驚くことに火に耐性がある珍しい植物系魔物なのだ。

そして魔石を砕いた物を糸に染み込ませているので魔法の威力も向上する優れものだ。

フリージアの布は俺が用意をしたが、妹のアンが侍女たちに手伝ってもらいながらローブに仕立てている。


それから今は陛下の護衛をしているエリザベート姉様の婚約が1月に決まり、今年の11月に結婚式を挙げることが決まった。

エリザベート姉様の相手はヘブライ・クド・ゼンガーという法衣伯爵家の長男だ。

ヘブライさんは数年前にエリザベート姉様に一目惚れして求婚していたが、ゼンガー伯爵家が貴族派なので父上が断り続けていた。

父上はエリザベート姉様の結婚はエリザベート姉様の好きなようにと言っていたが、相手が貴族派の高位貴族となれば父上も簡単には「うん」とは言わなかった。

しかし数年にわたる求婚に父上も根負けし、ヘブライさんとエリザベート姉様の結婚を認めた形だが、この春にエリザベート姉様が正騎士になることで区切りになると考えたのもあるようだ。

更に俺とドロシー様の婚約話が影響を与えていると思う。今年18歳のエリザベート姉様より先に14歳の俺の婚約を発表するのは体裁が悪いのだ。まぁ、姉はクリュシュナス姉様もいるけど、クリュシュナス姉様は15歳なのでこれからでも問題ない感じだ。

そして2月15日。俺は叙爵され貴族家の当主となった。

「クリストフ・フォン・ブリュトゼルス、そなたにブリュトイースの家名を与え、子爵に叙する」

「あり難《がた》き幸せ」

謁見《えっけん》の間、神聖バンダム王国の王城内にある広大な謁見の間の中央で俺は片膝をつき頭を垂れて3段高い位置で豪華な椅子に座る陛下にお礼を言う。

家名をブリュトイースにしたのはブリュト島が東にあることから『イースト』から『ト』を取って『ブリュト』にくっ付けただけなんだよ。ネーミングセンスがない俺にしてはボチボチのできだと思う……思いたい。

「ブリュトイース子爵よ、そなたが供出してくれた軍事物資によりボッサム帝国との戦いを有利に進めることができた、今後も頼りにしておるぞ」

「はっ、あり難きお言葉！」

「うむ。……皆の者に申し伝える。ブリュトゼルス辺境伯が次男、ブリュトイース子爵家当主クリストフ・フォン・ブリュトイース子爵と我が娘ドロシーとの婚約をここに発表する。……婚儀は来年5月に執り行うものとする」

叙爵からの婚約発表。予定通りに進む。

ドロシー様も陛下の斜め前、2段低い場所でこの式に出席されているのでチラッと見ると、顔を赤くし俯いているのがまた可愛いよね。しかも、また成長しているようだ。なにが成長しているのかって？　言わせるなよ。


翌日、俺は冒険者ギルドの王都本部を訪れる。

なにしに赴いたかといえば、ブリュト島に冒険者ギルドの支部なり出張所を設置してもらおうと思いこうして訪問している。当然のことだが商業ギルドなどほかのギルドにもすでにブリュト島への支部または出張所の設置依頼を行っており、この冒険者ギルドで今日は最後となる。

「冒険者が海の向こうにある未開拓の地に向かおうと思うか……」

「うむ、それなりのうま味《み》がなければ冒険者は動かぬな……」

冒険者ギルドの王都本部で編成部長の職に就いているセスター・イクラメルは神経質そうな細めの顔を書類に向けたまま俺を見ようともしない。

そして冒険者ギルドの王都本部のグランドマスターであるブルトワーズ・ガイゼンガーは3人がけのソファーの2人分を占領するその巨体が特徴で、道で出会ったら堅気じゃない人も避けて行くような凶悪な顔立ちだ。

同じ大きさの書類なのに遠近法的にセスターの持っている書類の方が大きく見えるのは、俺の目が悪くなったためではないだろう。

「うま味はありますよ。希少な魔物が生息していますので希少な素材が入手できます」

「その希少な魔物ですが、この書類によりますとランクBのロックリザードや同じくランクBのグラトニーワームなど確認されている魔物で最もランクが低いのがどれもランクBでは……ランクB冒険者、またはB級パーティーはただでさえ数が少ないので難しいでしょう」

ランクB冒険者とB級パーティーの違いは前者が3人以下でランクBの魔物を討伐することができる冒険者をさし、後者が4人以上10人未満のパーティーでランクBの魔物を討伐できる冒険者をさす。

つまり同じランクBの魔物を倒せるとしてもランクB冒険者とB級パーティーでは前者の方が立場は上となる。

因みに俺はランクA冒険者だ。これはカルラとペロンも同じで、俺たちは王立魔法学校時代に上級ダンジョンを踏破しランクAの魔物を討伐していることから、3人とも冒険者ギルドよりランクA冒険者に認定されている。

余談だが、クララとプリッツはランクB冒険者に認定されている。

なお、11人以上になるとカウント外となりランクBだろうがランクAだろうが、どのような魔物を討伐しても冒険者ギルドから認定されない。

こういった制限は、100人や1000人規模の討伐隊を組織して魔物を倒してランク僭称を防ぐための処置だという。


グランドマスターであるブルトワーズは腕を組んで黙して語らず、発言するのは主にセスターだ。体形からしてブルトワーズは書類仕事には向かないので、代わりにセスターが頭脳としてこういった交渉を任されているのだろう。

俺だってこんな面倒なことはしたくないが、ガウバーが各ギルドを誘致しろと五月蠅いのだ。

つまりギルドが進出し発展著しい町という権威付けの意味もある。


結局セスターはブリュト島に冒険者ギルドの出張所を開設するのは時期尚早《じきしょうそう》だと判断したようでこの場では回答保留となった。

因みに商業ギルドをはじめとした各種ギルドはブリュト島への進出を了承してくれている。

冒険者ギルドとほかのギルドとの違いは俺やブリュト商会とのパイプ作りやパイプの強化だ。

商業ギルドにしても鍛冶師ギルドにしても、ブリュト商会が販売するマジックアイテムに魅力を感じているということだね。

しかし冒険者ギルドは俺とのパイプ作りを優先せずに冒険者ギルドの考えを優先させ、後日正式に断ってきた。残念だが仕方がない。

自力で冒険者に代わるシステムを用意するとしよう。

◆◇◆◇◆◇◆◇◆◇◆◇◆

ふ〜。ルーナの淹れてくれたお茶はいい香りだし美味しいな。こんなのんびりとした時間はとても大事だよね。このまままったり暮らしたいな〜。

「ちょっとなにだらけてるのよっ！」

なにも聞こえない。気分は天国だ。こんな時間が『パスンッ』

「痛っ！」

「無視するんじゃないわよ！」

「なにするんだクララ」

「なにするんだ、じゃないわよっ！　あんた、私たちにダンジョン攻略させておいて自分は呑気にお茶を飲んでいるってどういうことなのよっ⁉」

そんなことで怒らなくてもいいじゃないか。俺だって今まで書類と格闘していたから遊んでいたわけじゃないし、ちょっと休憩しただけだからね！

俺は叙爵後、正式にブリュト島を領地とし、陛下のお声掛かりによる入植を受け入れている。もっとも多いのは壊滅したアグラの街からの移民だ。ほかに王都や大規模な都市からの希望者が多く数万人にも及ぶ規模になっている。

なので段階的に受け入れることとなり、先日第一陣の入植が完了したところなのだ。

入植事業や領内の管理はガウバーに丸投げしているので、ガウバーから処理しろと回ってきた書類に目を通しサインをするのが今の俺の仕事だ。

「クリストフ、今日は4層を踏破しましたわ。このマジックバッグに魔物の死体とダンジョン内の宝箱から得たアイテムが入っていますわ」

「ありがとう、ドロシー。ダンジョンはどうだった?」

婚約者であるドロシーをこのブリュト島に連れて来たのは彼女も王立魔法学校を卒業してひま……じゃなかった、更なる高みを目指しているからだ。

陛下を説得するのに少し時間を要したが、最後にはドロシーが「父上様を嫌いになってしまいます!」と言うと陛下はうな垂れ許可を出したのだ。ドンマイ!

ダンジョンから帰ってきたカルラ、ペロン、クララ、プリッツ、フィーリア、ドロシーの6人からダンジョン内の魔物の配置や罠の種類や場所、宝箱などについて意見を聞く。

ん? ドロシーって呼び捨てにしているって? まぁね、だって俺とドロシーは婚約中だし、ドロシーが呼び捨てにして欲しいって言うからさ～。『パシ～ンッ』

「あんたなに自分の世界に浸っているのよ！　ボクたちは命がけでダンジョンを探索してたのよ！」

「も～痛いな～、カルラとクララはカルシウム足りないと思うぞ」

「カルシウムってなによ⁉　わけ分かんない！」

怒りっぽい2人は置いておいて、俺は皆の意見を聞き4層のバランスを調整する。


数日後、俺は叙爵式以来の謁見の間に立っていた。

ドロシーをダンジョン調整パーティーに入れてダンジョンの攻略をさせているから国王が怒って俺を呼び付けたわけではない。

「クリストフ・フォン・ブリュトイース子爵、そなたに勅命《ちょくめい》を与える」

「は、なんなりと」

事前になんで呼ばれたか知っているし、俺がそれを了承したので正式に勅命を受けるためにこの謁見の間に立っている。

「アグラの街跡に闊歩《かっぽ》する魔物の掃討《そうとう》を命ずる。また、アグラの街が滅びる原因となったアガカト大森林を鎮静化《ちんせいか》せしめよ」

「勅命、承りまして御座います」

昨年の初夏の頃にアガカト大森林から大量の魔物が溢れ出し滅んだのがアグラの街だ。その時に街を治めていたデリンジャ子爵は街を守るために陣頭指揮を執っていたが、押し寄せる魔物に殺され亡くなっている。

今は北部の貴族諸侯が兵を出し合い砦群を築き魔物をアグラの街跡に封じ込めている状況で、積極的にアグラの街跡に入り魔物を討伐することは行っていない。

しかしこの状況を長く続けるには北部貴族や王国の負担が半端ない。砦群に詰めている兵は3万人ほどで、兵を常時前線ともいえる砦群に留めておくには費用負担が重くのし掛かるのだ。だからと言って下手にアグラの街跡に攻め込めば人的被害が馬鹿にならない。だから俺に白羽の矢が立つに至ったわけだ。

本来魔物討伐の専門家である冒険者も腰が引けており、事態を打開するために南部の貴族ということになっている俺が引っ張り出されたのだ。

◆◇◆◇◆◇◆◇◆◇◆◇◆

俺が叙爵されたことでフェデラーとゲールは男爵、レビスとウィックは騎士爵、ガウバーは士爵に叙爵されている。本当はカルラたち4人も叙爵させたかったけど、若く実績もない4人を叙爵させるのは無理だと言われてしまった。

だけど、今回の勅令によって4人が功績をあげる機会が訪れた。

アグラの街跡に居座る魔物の掃討とアガカト大森林の鎮静化を行えば4人は間違いなく叙爵さ

れるだろう。

「お帰りをお待ちしております」

「あとのことはフェデラーとガウバーに任せるから頼んだよ」

俺とカルラ、ペロン、クララ、プリッツ、フィーリア、そして護衛騎士の６人は北部へ向けてブリュト島を発つ。さすがにドロシーは同行を許されなかった。陛下が断固反対していたのだ。まぁ、王女が魔物討伐の最前線に赴くのはさすがに反対されるわな。これでドロシーが諦めればよいのだけど、彼女は頑固だし行動派だからな～。

王都の屋敷からはゴーレム馬車を使い北部に移動することになる。

道中はゴーレム馬車に乗り、ゲールをはじめとした護衛騎士６人は騎馬での移動だ。

因みに護衛騎士が騎乗している騎馬はバトルホースという魔物でブリュト島で捕獲したのを調教し騎乗している。魔物だけあって動物の馬よりタフだしスピードも上で、戦闘では敵となった者には悲劇が待っていることだろう。

今回の目的地であるアグラの街跡で確認されている魔物はランクＥからランクＣが多数、ランクＢが10体ほどと報告書にあった。

護衛騎士たちなら複数のランクＣの魔物と対峙《たいじ》しても問題ないが、さすがにランクＢの魔物では厳しいと思い装備を一新した。

ミスリル合金《ごうきん》製のフルアーマーを身に着けているのはゲール、レビス、ウィック、ジャバンで彼らは純粋な前衛戦闘要員だ。ミスリル合金なので成金《なりきん》感が半端《はんぱ》ないほどの輝きを放っている。

そしてプリメラは斥候《せっこう》、ジョブは弓と魔法を駆使しての中距離支援職なのでワイバーンの皮を使った軽い鎧にしている。


ファーマンの街の門に到達するとそのまま領主であるファルマーノ子爵の屋敷へ向かう。

貴族の当主が他所の貴族の領地に赴いた時は挨拶するのが筋らしい。

「これはブリュトイース子爵、よくお越しくださった」

「ファルマーノ子爵、本日は宜しくお願いします」

貴族なのでファルマーノ子爵の屋敷に泊めてもらうことになる。本当は宿にでも泊まりたいが貴族家の当主ともなると面倒な柵《しがらみ》が伴《ともな》うものだと父上がよく言っていた。

挨拶し、少し休憩させてもらったら夕食を一緒に摂る。そこであれこれとファルマーノ子爵の自慢話を聞き長話に付き合う。疲れる。


ファルマーノ子爵との友好を深めた翌朝、北部を目指してファーマンの街を発つ。そんな感じで数日が過ぎた道中、俺たちの前に盗賊が現れた。

盗賊を見るとウィックがジャバンを引き連れ馬を走らせる。

「ボクたちはなにもしなくていいのかな?」

「構わないよ、ウィックたちも新装備を試したくてウズウズしているようだし、任せておこう」

カルラたちが見守るなか、ウィックとジャバンは盗賊の一団に猛進《もうしん》する。そして盗賊の一団に突撃すると斧を振り、盗賊は悲鳴をあげる暇もなく胴体が上下に分かれる。

ウィックのあとから突撃したジャバンも手に持った剣を振ると盗賊の首を刎《は》ねる。

それを見た盗賊は勝てないと判断したのか一目散に逃げ出す。蜘蛛《くも》の子を散らすとはこのことだろう。

しかしウィックは盗賊を逃がすほど甘い奴じゃない。どこまでも追いかけ殺す奴だ。

そんなことを思っているとウィックだけではなくジャバンも獅子奮迅《ししふんじん》の活躍を見せる。ジャバンは剣を器用に扱い盗賊たちをバッタバッタと切り伏せていく。パワーのウィックに対し剣技のジャバンという感じだ。ジャバンの能力の高さを垣間《かいま》見《み》た瞬間だった。


盗賊はすべて命を落とした。俺たちの旅は先を急ぐので生かして捕らえるよりも殺す方が移送などの手間がかからず、なにかと都合がよいからだ。

だが、俺は盗賊たちに悪いとか思わない。盗賊になった以上は無条件で殺されても文句《もんく》を言える立場ではない。人を襲うということはそういうことなのだ。

◆◇◆◇◆◇◆◇◆◇◆◇◆

ブリュト島の開発は順調に進み、先日は人口が1万人を超えた。稼働にランクAの魔物の魔結晶が必要な転移ゲート頼みだった入植が港の整備により改善されたのが大きな要因だ。

ランクAの魔物の魔結晶など国宝として保管されていてもおかしくない物なのに、転移ゲートはたった1時間ほどの稼働で魔結晶の魔力を使い果たしてしまう。

お館様たちがランクAの魔結晶を用意してくださるが、使用頻度が多いので魔結晶の消費が激しいのだ。

しかし港を整備したことで低コストで入植者を受け入れることができ、今では毎日のように本土から入植希望者を乗せた船がこのブリュト島へ寄港している。

多い日には数百人もの入植希望者を受け入れる日もあるほどだ。

入植者にはお館様がお作りになったシステムによって作られる身分証を与えるのだが、この身分証が恐ろしく素晴らしい物だった。

この身分証を発行するとその者の情報が中央管理システムというマジックアイテムに蓄積され犯罪の有無をはじめ、位置情報まで吸い上げるのだ。

このシステムにより犯罪を犯した者を簡単に検挙でき犯罪の抑制にも繋がっている。お陰でお館様より政務を預かっている私や治安維持を担っているフェデラー殿もかなり楽をさせてもらっている。

このブリュト島の玄関口である港町は名をエントランサーというのだが、このエントランサーは非常に多くの船が停泊できる港を抱える町だ。町と言ってはいるが今の人口では村と言うべきだろう。しかしこのガウバー、すぐに町と言える規模にエントランサーを育ててみせる！

そしてブリュトイース子爵家の本拠地であるイーソラはすでに人口が1万人を超え町と言える規模となっている。このまま順調に発展すれば、子爵家の領地として標準的な15万人を超える人口になるのもそれほど遠くない未来のことだろう。

勅命を受けアガカト大森林に向かったクリストフ様がお帰りになるまでにイーソラとエントランサーの人口を合わせて2万人にするのが今の私の目標でもある！


「ガウバー殿、昨日話したエントランサー港の警備に関する予算申請書《よさんしんせいしょ》だ。サインをいただきたい」

エントランサーの警備を強化するのは急務なのですぐにフェデラー殿が差し出した申請書に目を通す。

「1ヵ所修正をお願いしたい。この部分ですが、港内の人員をもっと増やしていただきたい」

「それだと予算が増えるが構わないのか？」

「今のブリュトイース家にとってエントランサーの港は重要拠点の1つです。警備をおざなりにすることはできません」

「了解した。人員を増やし港の治安を安定させるべく努力しよう」

フェデラー殿は満足そうな表情をして私の執務室を出ていった。いろいろ経費削減を頼んでいるので重要拠点の予算を増額してフェデラー殿の顔を立てることも重要なことだ。


次はブリュト商会の収支報告か。しかしブリュト商会がなければこのブリュト島の開発はもっと遅れていただろう。王都の店だけでこれだけの売り上げをあげるとはな。

そういえば、今年中にブリュンヒルとこのイーソラに店を出すと仰っていたな。ブリュンヒルは分かるがイーソラではそれほど多くの売り上げが見込めないと思うのだが……お膝元にブリュト商会の店がないと面子《メンツ》にかかわると思っておいでなのか？　……いや、違うな、お館様は貴族の面子や権威など歯牙《しが》にもかけていないお方だ。ほかになにかお考えがあるのだろう。

◆◇◆◇◆◇◆◇◆◇◆◇◆

やっとアグラの街跡を取り囲むように築かれた砦群が見えて来た。

砦はいくつも築かれており、俺たちはその中で最も規模の大きい砦に向かった。

「クリストフ・フォン・ブリュトイース子爵です。アグラの街跡に留まる魔物掃討、及びアガカト大森林の鎮静化の任を受け只今到着しました」

今までアグラの街跡に住み着いた魔物を抑え込んでいた砦群で総指揮を執っているのは北部貴

族のアラハンド伯爵だ。年上だし爵位も上なので失礼のないように挨拶をする。

「ふん、貴公が噂のブリュトイース子爵か。随分と若く、そして華奢《きゃしゃ》な体つきだな、そんなので魔物と戦えるのか？」

「今年で14歳となりました。それに私は魔法使いですから華奢に見えるのも仕方がないことかと……」

会って早々に敵意むき出しかよ。雑魚臭《ざこしゅう》がプンプンするな。こういう輩《やから》に礼は不要だと思うのは俺だけだろうか？

初対面でしかも国王の勅命を受けて魔物討伐をしに来た俺に対しあまりに考えなしの発言だ。

「ふん、アグラの街跡の攻略については我が指揮下に入ってもらうぞ！」

早速、主導権《しゅどうけん》を握ろうとするか。しかしそうは行かないのが世の中の難しいところなのだ。

「私は勅命を受けてここに来ております。閣下は陛下以上の権限をお持ちなのでしょうか？　もしお持ちであれば閣下に従うのも吝《やぶさ》かではございませんが？」

「なっ⁉」

アラハンド伯爵は目を見開き悔しそうに唇を噛む。

俺はこの魔物討伐に時間をかけるつもりはない。早く帰らないとガウバーに叱られるし、書類が山積みになっている未来が見えるからだ。こんな奴の相手をして時間を無駄にしたくない。

「翌日、アグラの街跡に入ります。閣下には配下の諸将《しょしょう》にアグラの街跡に近づかないように徹底していただきたい」

「大した自信だな、ふん、貴公のお手並みを見せてもらおうか！」

やけっぱちって感じだ。サッサと出ていけという雰囲気をこれでもかと出すアラハンド伯爵に一礼して執務室をあとにする。

「もう少しやんわりと言えないのですか？」

「ああいう輩には、あのくらいでちょうどいいと思うけどな～」

ゲールが軽く諌《いさ》めてくるが、敵意むき出しの大人気ないおっさんに合わす気はないし、ゴマすりなんてしたくもない。だからサッサと魔物討伐を終わらせて帰ろうと思う。

俺って不器用なのかな？

砦を出ようとした俺たちの前に数人の男性が現れる。

「私はクラーク伯爵。ブリュトイース子爵と話がしたい」

「私めは旧アグラの冒険者ギルドのギルドマスターをしておりましたデルボルと申します。クラーク伯爵様同様、ブリュトイース子爵様にお話ができれば幸いです」

1人は北部では少数派である国王派のクラーク伯爵。彼は30代前半のイケメンで細マッチョといった感じの体形をしている。

対してもう1人は滅んだアグラの街でギルドマスターをしていたデルボルで、筋肉がこれでもかという感じのゴリマッチョだが物言いは柔らかい。王都のグランドマスターも筋肉達磨《きんにくだるま》だったけど冒険者のギルマスは筋肉がないとなれないのかな？

砦内のクラーク伯爵に与えられている部屋に赴き、改めて自己紹介をする。

「聞いていたが、ここまで若いとは……」

最初は俺の横に居たレビスを俺だと思っていたようで2人ともかなり驚いていた。これだからイケメンは嫌いなのだ！　レビスには俺の横に立つなと命令しておこう。

「わざわざ呼び止めたのは我らにもアグラの掃討戦を手伝わせていただきたいと思ってのことで、ブリュトイース子爵には迷惑かもしれぬが、頼めないだろうか？」

「我が冒険者ギルドもアグラの件の失態を挽回《ばんかい》したく、A級パーティー1組とB級パーティー2組の同道をお許しいただきたいと思っております」

クラーク伯爵は父上とも交友がある方なので、俺を支援することで父上に対する面目を保ちたいのだろう。そしてあわよくば、なにかしらの手柄をと考えてのことだろう。

「A級パーティーを遠国より呼び寄せるのに時間がかかってしまいましたが、ブリュトイース子爵様の掃討作戦に間に合ったのは僥倖《ぎょうこう》と考えております」

どうやらA級パーティーはこの中央大陸ではなく、別の大陸で活動していたのを呼び寄せたらしく、アグラが滅亡してすぐに連絡を取ってもこの時期になったそうだ。

A級パーティーというのはパーティーでならランクAの魔物を討伐できる実力がある冒険者なので、世界でもそれほど多くのパーティーが存在しているわけではない。

A級冒険者である俺たちを除外すればこの中央大陸では活動しているA級パーティーは居ないらしい。それほど希少なパーティーなので呼び寄せるだけでもほかの大陸の冒険者ギルドとの調整も難航したそうだ。

「明朝《みょうちょう》、朝日が昇る頃に私の野営地へクラーク伯爵の部隊と冒険者をよこしてください」

「感謝する、ブリュトイース子爵」

「ありがとう御座います」


2人と別れ砦を出ようとするとまた騒動が……なんで居るのよ！

「来ちゃった。えへ♪」

「来ちゃったって……」

「ドロシー様どうしてこんな所にっ⁉」

まるで隣の家にでも遊びに来た感じのドロシーがそこに立っていた。仕草が可愛いから許すけど。

「カルラさんたちだけ戦わせるわけにはいきません！　私たちはパーティーなのですから！」

確かにドロシーはカルラたちとパーティーを組んでいるが、それはダンジョン攻略のためであって今回のような市街戦のためではない……と言っても聞かないのだろうな。

それよりもどうやって陛下を説得したのだろうか？　気になる。

「お父様にはしっかりとお許しをもらいましたわ！」

ドロシーに聞いた話では、反対されたあとから陛下を無視していたら「無視しないでおくれ」と涙目だったらしい。そして陛下からお許しが出た……どれだけ親バカなんだ⁉

そして陛下の扱いが分かっているな、ドロシーちゃん。

しかし近衛騎士《このえきし》を30人以上も引き連れてきた。陛下もこれだけは譲らなかったらしい。

ドロシーが合流したが予定通り砦を出て野営地に赴く。野営地といってもなにもない平坦な土地だ。

ゲールなどは魔物の襲撃を懸念するが、俺がそんな手落ちなことするわけない。魔物除けのマジックアイテムをちゃんと用意してあるし、それ以外にもゴーレムを配置して近寄る魔物はすべて排除させる。だから心置きなく休めばいいのだよ！

さて、ドロシーも居ることだし屋敷でも建てるかな。

俺は地面に手を付けると魔力を流す。目の前の地面が盛り上がりあっという間に屋敷を築く。

そして塀も築くとそれを見ていたカルラがぼそりと「クリストフだから驚くだけ損よ！」と言っていたのが聞こえたが、ドロシーの近衛騎士たちはしばらく現実逃避をしていた。


高さ20m、幅８ｍほどの塀を東西南北それぞれ５００ｍほど築く。

塀の内側には２ｍ間隔でゴーレムを配置し、魔物除けを塀の角に建てた尖塔《せんとう》に配置する。

敷地の中央には屋敷というよりは城と呼べるほどの規模の建物が聳《そび》え立つ。

「よし、完成だ。フィーリア、お茶を淹れてもらえるかな」

「はい、畏《かしこ》まりました」

城のような屋敷を建てたものの疲れもない。だけど喉が少し渇いたのを感じたのでフィーリアにお茶を淹れてもらう。

「魔物除けも施してあるし、ゴーレムも配置して魔物対策は万全だけど、ゲールは近衛騎士と相談し尖塔に数名の見張りを置いてくれ」

「了解しました」

「カルラたちは食事の準備を頼むよ。近衛騎士もいるから数が多いけど頼むね」

「了解よ。皆、行くわよ」

ドロシーの連れてきた近衛騎士は32人、俺の護衛騎士6人と俺たちを合わせると45人にもなる。これだけの人数の食事を用意するのは大変だが、マジックバッグの中には調理済みの料理が大量に収納されているのでテーブルに並べるだけだ。


戦を明日に控えてカルラたち4人はナーバスになっているように見える。カルラたちはダンジョン内での戦闘経験はそれなりに場数を踏んでいるけど、地上の市街地での戦闘はこれが初めてだから無理もない。

さて、どうやってカルラたち4人の緊張を解《ほぐ》すか……。

「ドロシー、カルラたちが緊張しているように見えるんだ」

「そうですね、カルラさんたちはダンジョンでの戦いは慣れていますけど、市街戦は初めてですものね……でも戦いが始まりましたら、いつものカルラさんたちに戻ると私は思いますわ」

新築の屋敷なので内装は武骨《ぶこつ》なままだが、テーブルと椅子をストレージから出してドロシーと差し向かいで座ってフィーリアが淹れてくれたお茶を飲んでいる。

護衛騎士のレビスと名も知らない近衛騎士3人が部屋の隅で護衛対象の俺とドロシーを見守る。

そんな部屋の中で俺はドロシーにカルラたちのことを相談すると、その時になればいつものカルラたちに戻るだろうとドロシーは言うのだ。俺よりも人を見る目があるドロシーの言葉を俺は飲み込み、カルラたちを見守ることにする。

食事が終わり夜が更《ふ》ける。

屋敷の最上階で夜風にあたっていると時々アグラから魔物の遠吠えのような音が聞こえてくる。

明日は俺のデビュー戦だと思うとどこまで自重するのか迷ってしまう。

この世界に転生していろいろやらかしているみたいだけど、俺は今まで自重してきたつもりだ。

天才だとか神童だの言われていたけど今まで本気を出したのはあの八岐大蛇《やまたのおろち》との闘い以外にはない。

あの時は死を覚悟した戦いだったけど、俺が望んで戦いをしたわけではないのでノーカウントだと思っている。今回の戦いが俺の本気のデビューなのだ。

「眠れないのですか?」

不意に後ろから声が掛けられる。この心に染みるような優しい声の主は振り向かなくても分かる、俺の許婚《いいなずけ》であるドロシーのものだ。

「明日はどの程度の力を出そうかと考えているんだ」

いつの間にか俺の横に来て寄り添うドロシー。

「今回はあの時のように命を懸けないでくださいね」

八岐大蛇との戦いはドロシーたちを生かすために俺の命を懸けた。そのことを言っているのだろう。

「あれと同等のバケモノが現れても今の私が本気を出すことはないよ」

「……」

ドロシーが肩を少し震わせる。今は春と言っても3月後半だし、ここは北部なので王都よりも寒い。場所によっては雪が残っているので上等なローブを纏《まと》っているとはいえ、マジックアイテム化されていないローブでは夜風は体に染みるのだろう。

俺はそっと自分のローブの中にドロシーを包み込む。そしてドロシーの温もりを感じながら夜空に怪しく輝く星々を無言で眺めるのだった。

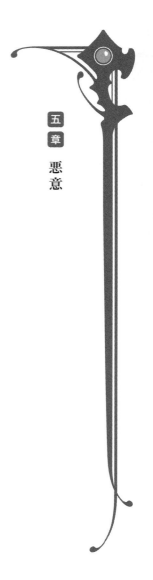

五章　悪意

クラーク伯爵が30人ほどの騎士を引き連れ、デルボルはA級パーティーの6人とB級パーティー2組11人を連れてやってきた。

クラーク伯爵は王女であるドロシーが居るのに驚いたが、さすがは上級貴族だけあって平常心をすぐに取り戻す。そしてデルボルはそんなクラーク伯爵を見てドロシーに無言で一礼をする。

「……精鋭中の精鋭を選りすぐって連れてきた。彼が我が家の騎士団長のゼッツだ」

「アブラハム・クド・ゼッツ男爵です。クラーク伯爵家の騎士団長を務めております」

「クリストフ・フォン・ブリュトイースです。宜しくお願いします」

貴族のクラーク伯爵とゼッツ男爵との挨拶を済ませ、冒険者との挨拶をする。

「ブリュトイース子爵様、おはようございます。A級パーティーとB級パーティーを連れてまいりました」

「俺はA級パーティーの『ドラゴンの翼』のリーダーをしているレイネンだ」

ただ者ではない雰囲気を纏った40代中頃と思われる見た目ダンディーなおじさん。しかしこの世界は無駄にイケメンが多いな。

「こ、これ！　ブリュトイース子爵様になんという口の利き方を！」

「構いませんよ、彼は冒険者ですからね」

「分かっているじゃないの。アタイはシクライルよ、『碧き薔薇《あおばら》』のリーダーをしているわ。B級パーティーよ、宜しくね」

30代だと思うけどかなり厚化粧なので年齢不詳としておこう。赤毛が特徴で昔はかなり美人だったと思う女性、スタイルもよい。

「俺は『巨神の鉄槌《てっつい》』のリーダーをしているガッハーだ。B級パーティーだ。フンッ」

なんで自己紹介の時にポージングをするのか分からないが、30代前半のボディビルダーのようなムキムキの筋肉を持ったむさ苦しい男だ。

「私はクリストフ・フォン・ブリュトイースです。アグラの魔物を掃討《そうとう》するという大変な任務ですが、皆さんの活躍に期待します」

ゼッツ男爵が率いる騎士団と冒険者たちに改めて挨拶をする。冒険者の方は実力的に問題ないが騎士団の方は個人でランクCの魔物を倒せるのは団長のゼッツ男爵とほかに2人ほど。だが、騎士団の真骨頂《しんこっちょう》は部隊行動による集団戦だからそれに期待しよう。

「おいおい、こんな嬢ちゃんたちも行くのか？」

冒険者の1人がカルラやクララを見て声を荒らげる。彼にしてみれば子供のお遊びじゃないんだぞ！　だろうな。

「魔物退治は子供のお遊びじゃないぞ！」

む、少し違ったが、意味はパーフェクト！　だよね。

「止めないか、彼女たちが誰だろうと俺たちは俺たちの仕事をすればいいだけだ！」

ダンディーなA級パーティーのリーダーであるレイネンが声を荒らげた冒険者を諫める。

「レイネン殿、助かります」

「別に助けたわけじゃないさ。だがね、あの女の子たちが死んでも俺たちには責任はないことだけは今の内に言っておくぞ」

「それで構いませんよ。あの娘たちは強いですから」

「……」

レイネンは俺の言葉に訝《いぶか》しんだが、なにも言わず下がっていった。

レイネンたちA級パーティーは1人ではランクAの魔物を討伐できないからパーティーで魔物を討伐するが、カルラたちは単独で討伐できる実力を持っている。

まぁ、カルラとクララをあまり褒《ほ》めると調子に乗るからしないけど、俺はしっかり皆の力を評価しているよ、とだけ心で思っておく。

「なによ、アイツ！　下っ端《したっぱ》のくせに偉そうに！」

「そうよ、ボクたちが可愛いのは分かっているけど、若いからってなによ！」

クララ、下っ端と言っても一応は上級の冒険者だぞ。それにカルラ、話を盛るんじゃない！

いつ可愛いとか言っていたよ？

「……ゲール、作戦の説明を頼む」

「はっ！」

ゲールに今回の作戦の説明を頼むと一歩前に出て説明をし出す。

「アグラの周辺に魔物除けのマジックアイテムを設置しておりますので、魔物は中央部から南部に移動し密集することが予想されます。ですから我らは南門から入り魔物を迎え撃ちます」

昨夜の内に魔物除けのマジックアイテムを設置しておいたので、魔物は魔物除けが出す特殊な魔力を嫌い移動を開始することになる。

当然ながらアグラ全体の魔物が中央方面に移動すれば強い魔物に押し出され、弱い魔物は魔物除けを設置していない南部へ押し出されることになるので、魔物の密度は高くなるだろう。

しかし魔物密度が高くても低ランクの魔物が何万と向かってこようとそれを殲滅するのは難しくない。それだけの準備はしてあるのだ。

「魔物除けはあと1時間ほどで発動します」

作戦は南門に入ったらすぐに俺が用意したゴーレム１００体を展開し、ゴーレムを前面に押し出して魔物の掃討戦を行う。

クラーク伯爵家の騎士団と冒険者の役割はゴーレムたちを抜けてきた魔物を倒すというもので、これはカルラたちも同様となる。

それと倒した魔物から魔結晶を取り出さないと死霊化してゾンビになってしまうので、それぞれにマジックバッグを渡しておく。大容量のマジックバッグは貸し出すだけなので返してもらうからな。そんなキラキラした目で見てもダメだぞ！

作戦内容を聞いた冒険者たちが少し騒いだが、放置だ。嫌なら帰ってもらって構わないぞ。

時間が惜しいのでアグラへ移動し、南門を入ったらゴーレムを展開する。

１００体ものゴーレムを見た騎士や冒険者たちはその光景に顔を青くする。ゴーレムは強力な魔物と知られているしテイムできるとも言われていない。その１００体ものゴーレムがもし自分たちに襲い掛かってきたらと思うと顔を青くするのも無理はない。

「ブリュトイース子爵……本当に大丈夫なのよね？」

Ｂ級パーティーの厚化粧のシクライルが擦《かす》れた声で確認をしてくるので、俺は大丈夫だと太鼓判《たいこばん》を押してやった。

「ゴーレムたち、いけ！　魔物を倒せ！」

俺の命令を受けたゴーレムたちが動き出す。今回用意したゴーレムはミスリル合金《ごうきん》ゴーレムとアダマンタイト合金ゴーレムでミスリル合金の方がランクＡ程度の強さ、アダマンタイト合金の方がランクＳ程度の強さを持っている。

ハッキリ言おう、オーバーキルであると！

但し、魔物の数が多いのでゴーレムを抜けてくる魔物はそれなりに存在する。

Ａ級パーティーとＢ級パーティーの１組には西側を、クラーク伯爵家の騎士団とＢ級パーティー1組は東側を担当する。

正面を担当するのはカルラたちだけどドロシーも一緒に戦おうとしていたから止められていた。

魔物除けが発動し、その魔力を嫌って魔物たちが中央方面に移動を開始した。

数が多過ぎて数えるのも馬鹿らしくなる魔物を南から掃討していく。

最初に現れたのはランクEやFの魔物。ランクFの魔物はニードルディア、ランクEの魔物はソードリッチだ。

ニードルディアは鋭い角を持つ鹿のような魔物で、脚力が高く跳ねるように近づきその角で獲物を串刺《くしざ》しにする。そしてソードリッチは首の長い飛べない鳥で姿はダチョウに似ているが凶悪であり、高速で体当たりをした時に獲物に刃物のような羽が刺さり失血させる。

共にランクは高くないが、数が半端なく多いのでゴーレムを前面に押し出し数を減らす。


東側を見ると、ゼッツ男爵率いるクラーク伯爵家の騎士団が隊列を組んでゴーレムを抜けて襲い掛かってくる魔物を分厚い盾の壁で防ぎ槍でダメージを与える。対魔物戦闘に慣れているのが分かる練度だ。

そして同じく東側ではガッハー率いる『巨神の鉄槌』がムキムキ筋肉を武器に魔物を殴り殺している。こちらはゼッツ男爵たちとは違い個人での戦闘で、なぜか魔物を倒すとポージングをするという謎集団であまり見たくない光景だ。

西側ではA級パーティーの『ドラゴンの翼』が緻密《ちみつ》な連携をしながら魔物を倒していく。

盾を持った騎士風の大柄の男が魔物を引き付け、剣士のレイネンと槍士の大柄な女性が魔物に近接ダメージを与え、魔法使いの女性2人が魔物に大ダメージを与える。回復役の男が盾職の大男を回復し、前衛全員に強化系付与を施している。普通にバランスのいいパーティーだと思うが、それだけで特徴のないパーティーともいえる。

そして『碧き薔薇』の女性陣たちは3人の女性が剣や短剣を駆使して前衛を務める。その前衛3人は回避が得意のようで魔物の攻撃は空《くう》を切るばかりであり、そこに後衛の3人の女性の魔法によって大ダメージが与えられる。

前衛3人が回避盾職で後衛3人が攻撃系魔法使いとバランスはあまりよくないが、面白い編成だとは思う。強気な尖《とが》った構成は嫌いではない。


中央方面はカルラ、ペロン、クララ、プリッツの4人が魔法の弾幕を張っている。

全員が魔法使いなのでこちらもバランスが悪いのだが、カルラたち4人に近づくことができる魔物は存在せず、ゴーレムを抜けてもすぐに動かぬ骸となる。


「燃え盛れ、ファイアトルネード!」

カルラの放った魔法は炎の竜巻を作り数体の魔物を飲み込んでいく。飲み込まれた魔物はたまったものではなく、その業火から逃げることもできずに焼かれ炭化して動かなくなる。

「切り裂け、エアスラッシュ！」

いくつもの真空の刃を放ったペロンの視線の先には体中が切り裂かれ、血を噴き出し倒れる魔物がいる。筋肉や腱を切られ動けなくなった魔物はまだ息があるが、失血の量を見ると長くはないことは分かる。ある意味、非常に残酷な殺し方でありペロンには似合わない光景だ。

「貫け、サン・レイ！」

数体の魔物が直線上に並んだのを見たクララが高収束《しゅうそく》された光の粒子を放つと、５体の魔物がレーザーによって貫かれ動かなくなる。

貫通力抜群のサン・レイは俺がクララに教え込んだ魔法でもある。粒子の収束率がまだ甘いから帰ったら特訓だな。

「飲み込め、スピリットブレイカー！」

黒い靄《もや》が現れると魔物に纏わりつく。靄に纏わりつかれた魔物はなぜか味方である魔物を攻撃し同士討ちを始める。

精神に干渉し対象を混乱させるプリッツの得意な闇属性の魔法によって、魔物は同士討ちで数を減らす。

これじゃ、俺の出番はないかな？

ふと横に居るドロシーを見ると彼女も戦いたいのかウズウズしているのがよく分かる。カルラたちの行動に一喜一憂する仕草が可愛い。

ドロシーの綺麗な顔をこのままズーっと見ていたいが、戦場でボーっと彼女の横顔を見ているとゲールたちになにか言われそうだから断腸《だんちょう》の思いで周囲に目を向ける。

ドロシーと逆側の横を見るとフィーリアがメイド服のまま槍を持っている。

戦場にふさわしくない出で立ちと言われるだろうが、彼女には彼女なりのこだわりがあるようでメイド服のまま戦場に立っている。まぁ、このメイド服はオリハルコンを基本とした合金を十分の一㎜ほどの細さの糸にして織り込んでいる生地でできているので、防御力でいえばゲールたちが身に着けているミスリル合金のフルアーマー以上だといえるので安心してください！


ニードルディアやソードリッチの第1波が終息すると、今度はランクDのクレイジーマンキーやランクCのエンガーコングが現れる。

クレイジーマンキーは周囲にある石などを投げてくるので面倒な魔物だし、エンガーコングはその太い腕に現されるように非常に力が強い。前衛をエンガーコングが担い、クレイジーマンキーが後方から石などを投げて援護する。うまいこと住み分けができている。

しかしそんな魔物たちと対峙しても俺のゴーレムたちは淡々と魔物を排除する。エンガーコングは力が強いが俺のゴーレムたちはそれ以上の力をもって魔物を圧倒する。前衛が居なくなったクレイジーマンキーを倒すのは簡単だった。

エンガーコングが掃討された時のクレイジーマンキーたちの表情はとても悲壮感漂《ひそうかん》うものだったので、これから自分たちに訪れる悲劇が分かっていたのだろう。

俺が出る幕もないまま戦局は最終局面を迎えている。

目の前にはランクBの魔物であるバトルベアが16体。報告よりも多いが、だからなんだと言える程度の誤差だ。

ここまでの戦闘でクラーク伯爵家の騎士団には多くの怪我人が出ている。冒険者たちの怪我は大したことないが疲弊《ひへい》しているようで肩で息をしている。

カルラたちを見ると……元気だ。ゴーレムによって多くの魔物が間引《まび》かれたのがよかったようでカルラたちは怪我もなければ疲れもそれほどない。

「さて、最後の仕上げをしますかね！」

カルラの掛け声に頷《うなず》くペロン、クララ、プリッツ。

「貫け、サンダーレイン！」

「破壊しろ、アイアンニードル！」

「苦しめ、ダークネスレイン！」

「焼き尽くせ、カクサン・レイ！」

4人が魔法を放つ。

カルラは雷が雨のように降り注ぐ魔法を放ち、ペロンは地面から硬く尖った棘を隆起させ、クララは闇属性の黒い霧雨《きりさめ》で魔物に苦痛を与え、そしてプリッツはサン・レイの改良版魔法である拡散するサン・レイを放つ。

4人の魔法によってランクBの魔物が居た場所に大爆発が発生しその爆風が俺たちにも届く。

「4人とも元気だね」

「カルラさんたちにとってこの程度の魔物、相手になりませんわ」

なぜかドロシーが大きくなった胸を張る。うん、成長しているようでなによりだ。

「……エッチ」

ドロシーが両手で胸を押さえ小声で俺を非難する。かわえぇ〜な〜。


「なんだよあれ……俺たち要るのか？」

「ええ、あんなバケモノたちが居るのなら、アタイたちは要らないわね」

「ふむ、筋肉はないが、恐ろしい破壊力なのだ。フヌッ」

後ろでカルラたちの魔法を見た冒険者たちがなにやら言っている。最後のはポージングの掛け声だから振り向かないぞ！

ドロシーの近衛騎士やクラーク伯爵家の騎士団の面々も同様に驚いているようだが、彼らは声に出すことはなかった。というか声が出なかったのだと思う。

アグラ掃討作戦は日が落ちる前には完了した。

あとはアガカト大森林の鎮静化を残すのみだ。

「ゼッツ男爵、申し訳ないがクラーク伯爵へ魔物掃討の完了を報告し、アグラの管理を任せたいと頼んでほしい」

「分かりました。伝令《でんれい》を出します」

ゼッツ男爵は主であるクラーク伯爵に伝令を出すと部下に怪我人の治療を指示する。

俺はストレージから上級ポーションを取り出し使うようにゼッツ男爵に渡す。勿論、冒険者たちにも症状に合わせたポーションを渡す。

「な、なんだこのポーションはっ⁉」

声を上げたのは『ドラゴンの翼』のリーダーであるレイネンだ。彼は俺が与えたポーションを飲むと目を剥《む》きポーションの効果の高さに驚愕《きょうがく》した声を上げたのだ。

ほかにもポーションを飲んだ人があっちこっちで驚愕の声を上げているが、俺はそれを無視してカルラたちにもマナポーションを渡す。

カルラたちには個人用のマジックバッグを与えているのでその中に各種上級ポーションが入っているが、それはそれ、これはこれだ。……カルラ君や、「プハー」と飲んだあとに言うのはおじさん臭いので止めなさい。

そのあと、冒険者たちにポーションについて問いただされたが、ブリュト商会で予約購入できると説明すると今度買いに行くと言っていた。

クラーク伯爵が兵を引き連れやってきた頃には魔物の骸の回収も済んでいたので、疲れを癒すという言葉を残し屋敷に戻る。

因みにアグラの街の南側にも魔物除けのマジックアイテムを設置したのでアグラには魔物が寄り付くことはないだろう。俺は事後の対策もしっかりできる男なのだ！

◆◇◆◇◆◇◆◇◆◇◆◇◆

「ちっ、アグラが落ちたぞ！　ランクBと言っても所詮《しょせん》は脳みそもない魔物かっ！」

まだ若い男性が苛立ち紛れに近くの木を蹴る。大木と言ってよい木は蹴られた振動で木の葉を数枚散らす。

「フフフフフ、そんなに焦ることはありませんよ」

「焦っているだと？　俺は焦ってなどいないっ！」

「ならよいのだがね」

日が沈みかけて真っ赤な光が森の木々を染める。それが木々を焼いているように見えるのは気のせいだろうか？

その赤く染まった木々に紛れるように若い男性は姿を消す。

残ったのは数百年そこに立っているだろう大木たちと黒い影だけだ。

「フフフフ、気の短い男だ」

◆◇◆◇◆◇◆◇◆◇◆◇◆

旧アグラの街を魔物から解放した俺たちは屋敷で一晩過ごし、次の作戦のための英気《えいき》を養った。

朝日が昇る頃、その屋敷にアラハンド伯爵がやってきた。

これからアガカト大森林に出かけようと思っていたのに出鼻《でばな》を挫《くじ》かれた感じだ。

「……なんだこの城……は？　いつどうやって建てた！　ブリュトイース子爵、ブリュトイースはどこにおるのだっ？」

開口一番がこの言葉だ。まったく人の家を訪ねてきて偉そうにしやがって。

「これはアラハンド伯爵、なにかご用ですか？」

「この城はなんだ？　いったいどうやって建てたのだ？」

なんでこんなに高圧的《こうあつてき》になれるのだろうか？　彼の頭の中を覗いたら傲慢《ごうまん》という文字が盆踊《ぼんおど》りでもしているのだろうか？

「アラハンド伯爵への挨拶後に建てましたが？」

「は？」

「耳が遠いのですか？　貴方にお会いしてから建てたと申し上げたのです」

「ふ、フザケているのかっ！　これだけの城をそんな短期間で建てられるわけないだろうがっ！」

沸点《ふってん》が低い。貴族としては明らかに能力不足だと言わざるを得ない。


仕方がないので、彼が落ち着くまで待ち本題を聞くことにする。

「アグラの魔物掃討ご苦労だった。今後はこちらで引き取る。ブリュトイース子爵は速やかに帰還《きかん》するように」

こいつは馬鹿か？　俺は勅命《ちょくめい》によってここに来ていると言ったのを覚えていないのだろうか？　落ち着いてもこの程度のことも考えられないような奴が貴族だなんてこの国大丈夫か？

おっと、俺もこの国の貴族だった……ため息が出るよ。

「アラハンド伯爵、以前にも申し上げましたが私は勅命によってこの地に赴《おもむ》きました。まだ任務を完遂《かんすい》しておりませんので帰還するわけにはいかないのです。どうぞご理解願います」

「アグラを解放して、ほかにどのような任務があるのだ？」

アラハンド伯爵はムスッとした表情を隠しもせず俺に問いただす。

「今後はアガカト大森林の調査を行い氾濫《はんらん》の原因の特定し、原因の排除を行う予定です」

「はんっ！　アガカト大森林に入るだと？」

アガカト大森林は人が立ち入るのを拒む巨大な森林で外周部でもランクCの魔物が現れ、中央部に近づけば近づくほど魔物のランクが上がっていく魔境《まきょう》だとこれまで数回の調査で分かっている。

そんなアガカト大森林に赴き氾濫の原因を排除するという俺の言葉はアラハンド伯爵に懐疑的《かいぎてき》に受け止められたようだ。

そのあとも1時間以上居座りグダグダと俺を帰還させようとするアラハンド伯爵。彼に嫌われるのは一向に構わないが、時間を無駄に浪費するようなことは勘弁《かんべん》してほしい。

「なんか疲れた、精神的にとても疲弊した気がするよ」

「貴族はプライドや権威といったものを重要視しますから、南部貴族のクリストフが北部で好き勝手するのが許せないのでしょう」

そんなものかと、ドロシーの言葉に納得はできなくても飲み込むことにする。

「それよりもアガカト大森林の調査をどうするの？」

「今日は疲れたから明日にしよう。調査の分担も決めないといけないし」

明日行うアガカト大森林の調査の詳細を詰めることにした俺は会議室に皆を集めることにした。


会議室の長机の上座には俺と右側にドロシーが座り、そしてドロシー側には近衛騎士のカガリ隊長と部下の5人。俺側にゲール、レビス、カルラ、ペロン、クララ、プリッツが座る。ほかにクラーク伯爵家のゼッツ男爵と冒険者パーティーのリーダーたちが座っている。

「調査は冒険者の3パーティーを含む5部隊を出して調査を進めます」

アグラを解放したのに冒険者がいるのは、アガカト大森林の氾濫の原因を潰さなければまた同じことになると協力を申し出てくれたからだ。

そしてクラーク伯爵家の騎士団はアグラの街に突然現れたアラハンド伯爵率いる北部諸侯軍に追い出された形になり、どうせなら最後まで俺と行動を共にするという話になった。

「ブリュトイース子爵におかれましては原因の目途はついておいでなのでしょうか?」

不意にドロシーの近衛騎士であるカガリ隊長が質問を投げかけてきた。

彼は法衣貴族のカガリ伯爵家の次男で王国騎士団の中でもエリート騎士といえる近衛騎士の部隊長をしている。因みにジムニス兄上も国王の身辺警護をする近衛騎士の地位に就いている。

近衛騎士は家柄もあるが、実力がなければなれないので、彼はその近衛の隊長になったのだからそれなりの実力者だ。

「残念ながら分かっていません。ある程度の予測はできるものの、予測でしかないので」

魔物の氾濫などそうそうあるものではない。ある程度の原因は予測できるが、その予測が当たっているかは実際にその原因を目にしなければ分からない。

それに俺の千里眼がなにかに妨害され、アガカト大森林の中央部は見えないのだ。

「そうですか……」

カガリ隊長はそれ以上なにも聞こうとはしなかった。それは会議に出席しているほかの人も同じだ。

「お館様、出発は明朝朝日が昇ると同時で宜しいでしょうか?」

俺はゲールの確認に頷き、会議はお開きとなった。

◆◇◆◇◆◇◆◇◆◇◆◇◆

A級冒険者パーティーである『ドラゴンの翼』は6人組のパーティーだ。

前衛3人と後衛3人のバランスのよいパーティー構成で確実に力を付けA級にまで上り詰めた。

盾職のフライヤーは筋肉質で大柄、しかも顔には大きな傷痕がありスキンヘッドなので見た目は怖いが気は優しい男だ。しかし盾を構え魔物を迎え撃つ彼は荒れ狂うオーガの如き働きを見せメンバーからの信頼は厚い。

リーダーである剣士のレイネンの剣技は剣王と言われるほどの冴えを見せるも、彼の真骨頂はその統率力《とうそつりょく》の高さにある。メンバーを見なくとも誰がどのように動き、どのような攻撃準備をしているのか、レイネンには長年の経験とメンバーへの厚い信頼によって分かるのである。

この2人が魔物を止めると槍士のリルムが真っ赤に燃えるような髪の毛をたなびかせながら高速の突きを繰り出す。女性ながら男性にも負けないほどの大柄な体から繰り出される槍の突きは正に閃光であり、的確に魔物の急所を突く。

魔法使いは双子の姉妹であるマウとキウだ。姉のマウが英雄級の炎属性、妹のキウが英雄級の風属性の魔法を操り魔物に大ダメージを与える。顔はまったく同じでそれだけを見れば見分けがつかないが、マウが金髪、キウが銀髪と違うために見分けるのは簡単である。

そして最後は回復職であるクッコロだ。英雄級の光属性を操るが攻撃魔法が苦手で回復特化の彼は口が悪く他者にキック当たるのだが、心根は優しくリルムにはよくツンデレなどと囃し立てられる。回復職としては一流の域にあるクッコロは内心の優しさを魔法に上乗せし他者を癒すのだった。


「レイネンよ〜、あのブリュトイースっていうガキをどう見るよ？」

「……掴みどころがない。実力を隠しているのか、出す必要がないのか……底が見えんな。しかも周囲にいるあのカルラとかいうガキ共は間違いなくマウ・キウよりも上の魔法使いだ」

不意に放たれる質問にしばし考えたレイネンは、質問をしたクッコロの目を見て答える。

「マウ・キウよりも上の魔法使いなんて初めて見たぞ。あの４人はバケモノだぜ」

クッコロとレイネンの会話にリルムが割り込む。彼女もまだ子供のカルラたち４人が自分たちの半分も生きていないのにマウとキウよりも上の魔法使いであると驚いているのだ。

「あの４人もバケモノだけど」

「ドロシー様はもっとバケモノ」

「それとあの獣人もバケモノ」

「「でもブリュトイースはバケモノ以上」」

マウとキウが阿吽《あうん》の呼吸でドロシーやフィーリア、そしてクリストフの感想を話す。

唯一会話に参加していないのは盾職のフライヤーだが、彼は元々無口なので５人はそれを咎《とが》めることはない。

「やっぱりあのガキはバケモノ以上だよな。まったく魔力を感じなかったぞ」

「ん？　魔力が少ないのではないのか？」

「いや、少なくても魔力は必ず感じることができる。だがあのブリュトイースのガキからはまったく魔力を感じられなかった」

「うん、完全に魔力を抑え込んでいる」

魔法に高い才能を持つクッコロとマウ・キウの3人がクリストフをバケモノ以上だと断じるほどクリストフは魔力を完全に制御している。それが分かる3人もさすがである。

「いずれにしろ俺たちは俺たちの仕事をするだけだ」

全員がレイネンの言葉に頷く。

六章　アガカト大森林

夕方になるとアガカト大森林に調査に入った部隊が次々と帰ってきた。

しかし残念ながら帰ってこなかった部隊が2つあった。それはB級冒険者の『碧き薔薇』と『巨神の鉄槌』の2パーティーだった。しかもレイネン率いる『ドラゴンの翼』は盾職のフライヤーと回復職のクッコロの2人が帰らぬ人となっている。

冒険者パーティーに大きな被害があり、ほかの3部隊は多少の怪我はあるものの全員が帰還していた。

「ランクSと思われる魔物と遭遇した。フライヤーとクッコロが犠牲となって俺たちを逃がしてくれたのだ」

「ボクのところにもランクSの魔物が現れたよ。そんなに奥に入っていないのにランクSが出てくるなんておかしいよ！」

「僕もランクSの魔物と戦ったよ」

最低でもランクSの魔物が3体も確認され2体は討伐《とうばつ》したが、こちらの被害も馬鹿にならない。

ランクB冒険者パーティーは出さずに待機させておくべきだったと自分の判断に後悔する。魔物の氾濫が発生したのだからランクAやランクSの魔物が外周部に居ることは予測できたことだ。彼らになんと言って詫びればよいのだろう。

「クリストフ、起きてしまったことをくよくよするより、これからのことを考えるべきです！」

「そうだよ、クリストフ君がしょんぼりしていたら皆の士気にかかわるよ」

ドロシーはともかく、プリッツが俺を鼓舞《こぶ》する。そんなに男らしいことが言えたのかとビックリだ。

皆に励まされ前向きの考えを取り戻した俺は、今後は犠牲者を出さないと心に誓う。

翌朝、昨日の反省を生かし調査隊は出さない。

俺が直接赴き魔物の氾濫の原因をこの目で確認し対処する。

メンバーは俺とドロシー、カルラ、ペロン、クララ、プリッツ、そこに俺の傍を離れないフィーリアが入る。更に俺の護衛騎士6人と近衛騎士のカガリ隊長ほか2人、ゼッツ男爵が加わり17人でアガカト大森林の中央部を目指すことにした。

「待ってくれ！　俺たちも同行させてくれ」

レイネンとパーティーメンバーの女性3人がアガカト大森林に入ろうとする俺たちを引き留め一緒に連れて行ってほしいと頼んでくる。その顔は仲間を失った悲しみもあってか、かなり憔悴《しょうすい》しているように見えた。

「大丈夫なのですか？」

「ああ、アイツらの仇《かたき》を討ってやらないと俺たちは前に進めないからな。足手まといなら見捨ててくれて構わん、同行させてくれ」

「……いいでしょう。同行を認めます」

こうして俺たちは傷心の『ドラゴンの翼』を加えてアガカト大森林に入るのだった。


アガカト大森林の外周部に入ってすぐにランクCの魔物が現れ、そしてランクB、ランクAの魔物まで現れる。

カルラたちと俺の護衛騎士であるゲールたちが競うように倒していく。

ゲールたちは装備の恩恵もあるが、戦闘に必要な能力や技能も以前と比べ上がっており、ランクBの魔物なら単独で倒せるし、ランクAの魔物でもレビスとウィックのコンビなら2人で倒せる。ほかの4人も集まればランクAの魔物を倒すことができるまでに成長している。

「俺たちA級冒険者も真っ青になるほど嬢ちゃんたちは強いな」

「カルラよ。ボクのことはカルラと呼んでちょーだい」

「お、おう、カルラだな。すまん」

「強いのは当然よ。ボクとペロンはランクA冒険者、そこのクララとプリッツはランクB冒険者だから。とは言ってもボクとペロンはランクSならなんとか倒せるし、クララとプリッツはランクAを単独で倒せるわ」

「マジかよ……じょ……カルラたちはバケモノだな」

「ボクたちがバケモノ？　そんなこと言っているとフィーリアの戦いを見たら心臓が止まるわよ？」

「フィーリアって……あのメイド服の女の子か？」

「そう、フィーリアはボクたちが束になっても敵《かな》わないほど強いわ」

カルラとレイネンが歩きながら話をしているのが聞こえてきた。そしてレイネンたちが絶句しているのがチラッと見えた。

それからカルラはゲールたち護衛騎士のことも自慢げに話しているのだが、そういったことは軍事機密《ぐんじきみつ》として秘匿《ひとく》しておくものではないのだろうか？

確かにゲールたち護衛騎士にも俺のダンジョンの攻略を頼んでいるからランクAの魔物と何度も戦ってもらっている。カルラたちとゲールたちが大量にランクAの魔物の素材を持ち帰るので、領内ではランクAの魔物の素材が大量に出回り膨大《ぼうだい》な利益をもたらしてくれている。

「クリストフって、あの子爵様のことだよな？」

話の成り行きで俺が登場だ！

「そうよ。ちょっとしゃくだけどクリストフがいたからボクたちはここまで強くなったし、これからももっと強くなるわ」

「……そうなのか、あの子爵様が……」

カルラのくせに分かっているじゃないか！　もっと褒《ほ》めていいのだぞ、俺は褒められて伸びるタイプなんだから。

「カルラ、あんまりクリストフを褒めると調子にのるから止めてよね。特訓が増えたらどうするのよ！」

ふむふむ、クララは特訓したいのだな！　分かった、お前の骨は俺が拾ってやるから地獄の猛特訓をしてやろう！

聞き耳をたてていたいが今は魔力感知に集中しよう。千里眼《せんりがん》が無効化されているので魔力感知とプリメラやジョブのような斥候《せっこう》が頼りの行軍なのだ。

今まで千里眼が無効化されたことはなかったので少し不安だが、行くしかない。

現れるランクSの巨大な熊の魔物をゲールたち護衛騎士が苦戦しながらも倒す。盾職のゲールとレビスは熊の魔物のパワーを2人で受け止めていたので装備はともかく、肉体の方はかなり疲弊したようだ。

疲労困憊《ひろうこんぱい》のゲールたちを温かな魔力が包み込む。ドロシーの回復魔法だ。

「ありがとうございます。ドロシー殿下」

ゲールたちがドロシーに礼を言うとドロシーはそれが私の役割ですからと言う。自分のするべきことが分かっていていいね。

「ブリュトイース子爵の騎士に負けぬように某《それがし》も精進《しょうじん》せねば……」

ゼッツ男爵がゲールたちの実力に舌を巻く。なにかを決意したようだ。

しばらく進み外周部から中間部に入るとランクSの魔物が間断なく俺たちを襲ってくる。それをゲールたち護衛騎士とカルラたち4人が蹴散《けち》らしながら先に進む。

魔力感知にランクSの魔物しか感知できないほどの状態。間違いなく異常事態だ。

魔物ヒエラルキーのほぼ頂点ともいえるランクSの魔物がこれほど生息していると王国首脳部が知ったらパニックに陥るだろう。


この奥は魑魅魍魎《ちみもうりょう》が跋扈《ばっこ》する土地と思っておくのがいいだろう。

しかしいくら大森林と呼ばれる森でもここまでランクSの魔物が生息するのはあり得ない。普通なら縄張り争いが起きたり共喰いがあったりするはずだが、そんな形跡は見当たらない。

人為的《じんいてき》ななにかを感じるのは俺だけだろうか？

◆◇◆◇◆◇◆◇◆◇◆

アガカト大森林に入って12日目の昼、俺たちはようやく中央部に足を踏み入れた。

この12日間でカルラたちだけではなく、ゲールたち護衛騎士も12日前とは比較にならないほど成長した。神の加護を持った者はステータスの成長が早く伸び率も高いのは知っていたが、彼らはこのアガカト大森林で人の域《いき》を脱してしまったようだ。

中央部に入ってから一切魔物が現れなくなった。

魔力感知でも魔物の反応がない。このまま中心まで行ってなにもなかったら楽なのにと、そんな考えがよぎるが、たぶん無理だろうと思う。

千里眼がきかず、魔力感知の有効範囲もかなり狭くなっている。通常ではあり得ない現象が起きているのだから希望より現実を見よう。

「ここで休憩をしよう」

休憩の指示を出すと手慣れた感じでフィーリアが食事の準備を始める。

マジックバッグからテーブルと椅子を取り出し予《あらかじ》め調理された料理を並べていく。

俺の作ったマジックバッグに入れておけば時間経過なく調理直後のままの料理を保管できる。

しかも大容量のマジックバッグなので17人程度の行軍に必要な物資なら簡単に持ち運びができる。

「美味しい料理ですわね」

「ドロシーは呑気《のんき》だね。ここは誰もが恐怖する魔境であるアガカト大森林だよ?」

「ここが魔境だとしても私にはクリストフがおります。アガカト大森林の奥深くだからといって臆《おく》することはありませんわ」

「あまり気を緩《ゆる》めないでおいてほしいな。君にもしものことがあったら私は生きていけないから」

「まぁ、クリストフったら」

ドロシーは可愛いなぁ～。お持ち帰りしたいなぁ～。

「ゴホンッ。バラ色の２人の世界にお邪魔しますけど、ここは敵地で周囲は魔物の巣窟《そうくつ》なわけだから……サッサと帰ってきなさいよっ！」

『…………』

カルラの心の叫びで現実に引き戻された俺とドロシー。皆いたのね。ちょっと恥ずかしい。


ゆっくり休憩し、行軍を再開する。

相変わらず魔力感知の範囲は狭いがしばらく進むと魔物の群れの反応を感じた。群れといってもフェリルのような数匹ではなく、大地を埋め尽くすほどの数の反応だ。

「もうすぐ接触する。皆は後ろに下がっておいてくれるかな」

「クリストフ様、我らは常にクリストフ様の盾であります！」

ゲールが俺の盾として魔物を止めると申し出てくれるのだが邪魔だから要らない。てか前に出られると魔法を制御しているとはいえ魔物の殲滅《せんめつ》ついでにゲールたちも巻き添えにしてしまう可能性があるので本当に勘弁してほしい。フレンドリーファイアなんて洒落にならんわ。

「私の魔法を受けて生きている自信があれば許すけど？」

「……後方に待機します」

「うん、そうしてくれるかな」

あまり時間がないのでストレートに話してみた。ゲールが理解力のある男でよかったよ。

膨大な数の魔物がものすごいスピードで俺たちの居る場所に向かってくる。

俺の前には大森林の大木をなぎ倒しながら近づいてくる魔物の大群しか存在しない。その数は千ではきかないだろう。

ランクSの魔物が千匹以上、俺じゃなければ泣きながら逃げているだろう。事実、俺の後方では迫りくる魔物のプレッシャーに気《け》おされた近衛騎士たちやゼッツ男爵、そして冒険者たちが真っ青な顔色をしている。立っているのがやっとの状態だ。お漏《も》らししないだけ優秀だといえる。

ドロシーはいつものように柔和な表情を崩していないし、フィーリアも同様にいつもと変わらずの表情だ。カルラたち４人とゲールたち護衛騎士は近衛騎士たちほどではないが、顔色が優れない。

さて、やるか！　俺はバケモノたちを殲滅するために魔力を高める。

このアガカト大森林には濃厚な魔素が漂っているので俺自身の魔力を使うのではなく、周囲に存在する濃厚な魔素を取り込み魔力に変換する。

俺の周囲に小さな光の球がいくつも浮かび上がる。これ１つでおよそ５５００℃もの熱量を持ち触れた物をすべて焼き尽くす。そしてその数は魔物の数と同数。

「追尾型集熱光球弾《トラッキングコレクトフィーヴァーライト》……行け」

俺のオリジナル魔法であり、対象を焼き尽くすまで追尾する高収束高熱光球が一斉に飛び立つ。

近くにいた魔物には一瞬で接触しその強靭な体を炎が包み悲鳴のような咆哮《ほうこう》をあげる。

光球から逃れようと身をよじり避けようとする魔物もいるが、光球は目標と定めたものを追尾し接触し存在自体を焼き尽くすまで消えない。


魔物が発する阿鼻叫喚《あびきょうかん》の声が周囲を支配する。

炎耐性や熱耐性を持っている魔物であっても光球が放つ高熱に耐え切ることは至難《しなん》の業《わざ》だ。

もしこの魔法に耐えることができる魔物がいたとしてもそんな魔物はそれほど多くはないだろう。それに仮に耐え切ったとしても構わない。数を減らすのが目的なのだから。

10日以上も森の中を歩かされてフラストレーションが溜まっているので、君たちにはその捌《は》け口になってもらいたいのよ。

と思ったら生き残りがいない……ランクSなんだから少しは残ると思っていた……あれれ？

「終わったようですね」

「なんだか呆気《あっけ》なかったわね……」

「呆気なかったのはクリストフ君が常識外れだからだよね？」

「なんなのよ、あの魔法は？」

「……」

「……ともかく、先に進むことにしましょうか、クリストフ様」

「うん、ゲールたちで先行してくれるかな」

「了解しました」

俺の魔法のことには触れないゲールがプリメラとジョブを先行させる。

焼け焦げた魔物の骸で埋め尽くされているけど放置して死霊化するのはヨロシクないので全部回収しておく。しかしやり過ぎたかな……魔物の素材が黒焦げだよ。

因みに光球の炎は木には燃え移らない。

対象を設定しておけばその対象だけを高熱で焼き尽くすだけなのだ。対象以外に炎が移らないのがこの魔法の特徴でもある。安心安全がモットーのクリストフ品質なのだ！

◆◇◆◇◆◇◆◇◆◇◆◇◆

魔素の濃度がこれ以上ないほど高いアガカト大森林の中心。所謂《いわゆる》、魔素溜まりといわれる場所だ。

魔素は魔物には不可欠のエネルギー源である。人間が食事をするように魔物は魔素を取り込んで活動のためのエネルギー源とする。

魔素と魔力に大きな差はない。なぜなら魔力は魔素を高濃度にしたものであり、魔素と魔力の違いは濃度だけなのだ。

しかし魔素の濃度を濃くするのは思った以上に難しいので空気中の魔素を魔力に変換するマジックアイテムは滅多にない。

人間は魔法や魔術を発動させるために体内の魔力を使用し、少なくなった魔力を補うために休憩したり周囲の空気中に存在する魔素を体内に取り込んで魔力に変換（高濃度化）する。

魔物は人間とは違い魔素を魔力に変換する器官《きかん》を体内に持っていないのだ。そのために魔物の体内には魔力ではなく魔素が循環しているし、魔結晶は魔素の塊なのだ。

魔物が人間を襲うのは高濃度魔素（魔力）を人間が内包しているためであり、魔力は魔物にとってご馳走《ちそう》なのだ。魔素溜まりには強力な魔物が住み着くことが多いのは魔物にとっての餌場《えさば》だからだ。

ランクSの魔物が1ヵ所に多く存在することはない。なぜなら魔物には縄張り《なわば》があり、その中に他種族の魔物が入ってくるのを極端に嫌う傾向があるからだ。

そして同種族であっても成体同士は縄張り争いをするので、1ヵ所に多くの魔物が共存することはない弱肉強食《じゃくにくきょうしょく》の世界なのだ。但し、群れで生活する魔物もいるので絶対ではない。


そんなアガカト大森林の中心に2つの人影がある。

魔物が闊歩するこの土地にたった2人で赴《おもむ》くのは無謀《むぼう》というより無理な話ではある。つまりこの2つの影の主は、一般的な常識とはかけ離れた存在であるといえるだろう。

「なんだあのバケモノは……」

「お前が言うか！」

遠方の映像を映し出す手の平に乗る程度の丸い水晶のマジックアイテムを通して千匹ものラン

クSの魔物が一瞬にして殲滅された光景を目の当たりにした背の高い男が呟《つぶや》くと、もう一人の男がツッコミを入れる。

「フフフフ、私でもあんな芸当《げいとう》できませんよ？　あれは本物のバケモノですよ」

「チッ」

背の高い男は不敵《ふてき》に笑いもう1人の男をイラつかせる。

「アイツを倒せるのだろうな？」

「フフフフ、無理でしょうね」

「なっ！」

イラつく男の質問を考えるそぶりも見せずに無理と断じるその顔には笑みが張り付いている。それが余計にイラつきを増大させる。

「フフフフ、そんなにカッカしても無理なものは無理ですよ。気を静めて撤退《てったい》しましょう」

随分と消極的なことを言う背の高い男はヒューマンのような顔立ちだが、そのこめかみ辺りから羊のような巻き角が生えていることから悪魔族に類する種族だと思われる。

「ふざけるな！　アイツとこの国に復讐するために俺はお前と組んだのだぞ！」

「フフフフ、別に復讐を諦めろ、とは言っていませんよ。今は力不足なので戦略的撤退をと提案しているのです」

怒り心頭《しんとう》の男は悪魔を睨みつけると近くの大木を蹴り上げる。

「ダメだ！　アイツをこのまま帰すなどあり得ん！」

「焦りは禁物といつも言っているのですがねぇ」

困ったふりをする悪魔にイラつきを隠さない男。

「フフフフ、では、貴方《あなた》の好きなようにすれば宜しいでしょう。しかしここで死んでは恨みを晴らすことはできませんよ？　生きてこそ恨みを晴らすことができるのですからねぇ」

悪魔に諭《さと》される男は見た目からヒューマンだと窺《うかが》い知れる。しかしまるで悪魔と思えるほどにその瞳は狂気《きょうき》じみており、逆に悪魔の方がヒューマンではないかと思えるほど穏やかな喋《しゃべ》り方である。

「アイツに勝てる手をよこせ！」

「フフフフ、難しいことを言う。……ああ、ありましたね、しかしあれでもあのバケモノには勝てるとは思えませんがねぇ」

「なにでも構わん！」

悪魔が懐《ふところ》からなにかを取り出すと男に渡す。

「まだ完全に育っていないのでお勧めはしませんがねぇ、しかし今ある手駒《てごま》ではそれが一番の戦力ですから」

「おお、こいつか！　こいつなら！」

「死なないでくださいね。貴方に死なれると私の計画に大きく狂いが出ますから」

手にした物に意識が集中し悪魔の言葉は男には届いていない。そんな男を見て悪魔はため息を吐くと影の中に消えていくのだった。

「殺してやる！　だが、楽に死ねると思うなよ……ふふ、はーっはっははは！」

◆◇◆◇◆◇◆◇◆◇◆◇◆

ブリュト島のイーソラの町にはエントランサーから繋がる鉄道の駅がある。

その駅に到着した魔導機関車の客車から多くの乗客が降り立つ。その中に新たにブリュトイース子爵家に仕官した男性２人と女性１人がいた。

３人は連れ立ち駅から歩いて５分ほどの場所にある立派な館を目指す。

「入植が始まって間もないのにすごく賑わっているのですね」

ブラウンの髪の毛を後ろで束ねポニーテールにしている30代前半と思われるヒューマンの女性が町の賑わいに驚く。

３ヵ月前に入植が始まったはずの辺境の離島がこれほどまでに賑わっているのだから無理もない。

「あの魔導機関車を見れば分かるが、ブリュトイース子爵は噂通りの神童でおますな」

中肉中背、外見は不可もなければ可もない20代と思われる変な訛《なま》りの男はクリストフの噂の信憑性《しんぴょうせい》に多少なりとも疑問を持っていたが、エントランサーの港や魔導機関車を見て考えを改めるに至っている。

「うむ、魔導機関車、実に興味深い！」

赤茶色のドレッドヘアーに顔のほとんどを覆いつくす髭、そして筋肉質だが身長はヒューマンの子供とそれほど変わらないドワーフはなぜかハンマーを肩に担いでいる。

急ピッチで発展するイーソラの道は広く、そして石畳《いしだたみ》が敷き詰められており非常に歩きやすい。そんな道を真っすぐに歩き目的地に到着した3人は、その館の最高権力者であるガウバーの下にやってきた。

「ヒラリー・クド・セムラス、只今イーソラに着任《ちゃくにん》致しました」

ポニーテールの女性は今後ガウバーの下で財務関連の業務にあたることになっている。

5年前に夫のセムラス士爵を病気で亡くしたあとは、ブリュトゼルス家で同様の職務を行ってきた実績がありガウバーとも顔見知りである。

性格は豪快《ごうかい》な肝っ玉かーちゃんだが、女性らしい細やかな気遣いもできる。

「ウード・シルベス、只今イーソラに着任したでおま」

没落《ぼつらく》貴族のシルベス男爵家の次男として生まれたが、親の反対を押し切り冒険者となったことで実家から絶縁されているウードは、クリストフの噂を聞き面白いと思い、冒険者を引退しブリュトイース家に仕官する。

冒険者上がりのためか性格は明るくクリストフとの面接でも冗談を言うほど物怖《ものお》じしない。本人は得意な土属性の魔術を評価され登用されていると思っているが、貴族の出であるために読み書き計算などの学力の基礎があるのが採用のおもな理由である。

「グジャン・ガジャンだ。イーソラに到着したぞい」

ガジャンはセジャーカの街で鍛冶師をしていたのだが子爵になる以前からクリストフに何度か誘われるもそれを断っていた。そして5度目の勧誘時にクリストフが乗ってきたゴーレム馬車を目にし、手の平を返すようにクリストフの誘いを受け入れる。

そのあと、言葉遣いなどを学ぶという理由でクリストフの王都の屋敷に滞在したが、本当の理由はゴーレム馬車の研究をするためなのはクリストフに見透かされていた。

「セムラス殿とガジャン殿とは顔見知りではあるが、シルベス殿とは初めてだったか？　私はガウバーだ。このイーソラとエントランサーの政務官を兼任しておる」

発展著しいとはいえ、イーソラとエントランサーはまだ規模が小さい町なのでガウバーが政務官を兼務している。人材が不足しているブリュトイース家では仕方がないことだ。

しかしここにいる3人は即戦力として期待されているのでガウバーの負担も少しは減るだろうと期待されているのだ。

「お館様が勅命により出征《しゅっせい》しておられるが今日は歓迎会を行おう」

その夜、3人の歓迎会が控えめだが行われた。

3人が職務に就くとその能力を遺憾なく発揮しガウバーの負担は目に見えるほど軽減される。特に財務系官僚であるセムラスによって計算間違いの多かった書類がガウバーに提出されなくなり、再計算などの時間短縮に大いに役立っている。

　また、土木系に強いシルベスによって区画整備《くかくせいび》や建築現場の現場管理が行われるようになり、更にはガジャンに工務部やブリュト商会の生産部署の管理が引き継がれたことでガウバーに多くの余力が生まれたのだが、その余力を埋めるように新しい仕事を入れてしまうのはガウバーの貧乏気質によるものだろう。

「魔技神様の神殿は質素でありながらも厳《おごそ》かな感じで建ててほしい、と仰っておいでであった。できるか？」

「質素ですか……なんとかやってみましょう」

　ガウバーが魔技神殿についてクリストフの指示を伝えると少し考えなにかを思いついたシルベスはガウバーたちの目を気にすることなく白く綺麗な紙に鉛筆でなにかを書き始め没頭する。

　それを見ていたほかのメンバーはシルベスは放置し会議を進める。

「騎士団の装備の方はどうですかな？」

「まずは武器から生産を行っておる。防具は個人のサイズを測りそれに合わせて作り込む必要があるからの」

「フェデラー殿もそれで宜しいのですな？」

「今はお館様のゴーレムが町を守っていますので我らは町中の警備が主となるゆえ、問題はない」

「しかし倉庫にある鉱石を見た時は腰が抜けるかと思ったぞ。希少金属であるミスリルやアダマンタイトだけではなく、伝説上の金属であるオリハルコンまでありおったわ。ガッハハハハ！」

根っからの鍛冶師であるガジャンは倉庫に山のように積まれていた鉱石を製錬《せいれん》しどのような武器や防具を造ろうかと想像するだけで笑いがこみ上げてくるのだ。

ニタニタと気持ち悪いドワーフは放置し次の話に移る。次は財務担当のセムラスの番である。

「現在の財務状況は？」

「非常に多くの収益があり収支は順調です。というより順調過ぎて私の目がおかしくなったかと思うほどです。収入の5割はブリュト商会の利益の5割（5割はブリュト商会の社内留保として積み立てられている）、4割は高ランク魔物の素材を販売した利益、1割はエントランサー港の使用料などです。ブリュトイース家としての収益は1月から3月の四半期で10億Sを見込めます」

まだクリストフが子爵に叙爵されていない1月も期間に入っているのは1月から入植が開始されたためである。

「……10億S」

フェデラーが呟くのも無理はない。領民が入植して間もないことから米や麦などの穀物の生産による税を徴収していないし、向こう3年は農民の徴税免除《ちょうぜいめんじょ》が約束されている状況下で四半期の収益が10億Sもあるのだ。

フェデラーでなくてもこの財務状況を見たら驚くはずである。因みに下級兵士の月の俸給が3万S（年収36万S）であり、法衣男爵であるフェデラーはブリュトイース家の騎士団長の役職手当を含めて年間700万S（男爵が500万S、騎士団長が200万S）の俸給をクリストフから与えられている。

一応、ブリュトイース家の俸給は国と同レベルとなっているのでほかの子爵家と比べれば優遇されているといえる。

「10億Sすべてをというわけにはいかないが、3億Sを予備費として残りの7億Sを補正予算として使うとしよう。次回の会議までに各部署の補正予算を提出するように」

大金が補正予算として使えるとなったので皆の目が色めきだった。これには自分の世界に入っていたシルベスとガジャンも反応を見せる。


会議がお開きになり皆が会議室を出ていく中、財務担当のセムラスはこれほど収益を叩き出すブリュトイース家の財力にまだ余力があることを知っていた。

「もし倉庫に山積みとなっているランクAやランクSの魔物の素材を放出したら収拾がつかないわね」

「あまり大きな声では言えないがね」

それに反応したのは政務官のガウバーだ。彼は苦笑いを浮かべセムラスに言いふらさないようにと念を押す。

現在、ブリュトイース家が市場に流している魔物の素材はランクAまでであり、ランクSの素材の放出は禁止されている。これはクリストフより倉庫の中にある魔物の素材は自由に販売してよいと言われ在庫確認をしたガウバー自身が自主規制したのだ。

ランクSの魔物の素材が1匹でも市場に出ればその販売価格は最低でも1億Sは超えるだろうし、1億Sで済めばかなり安値といえるのだ。だからさすがのガウバーもランクSの魔物の素材を大量に世に出すのは憚《はばか》ったのである。

すでにランクSの魔物1匹分の素材を市場に流して大騒ぎとなったと同時に莫大な販売益をブリュトイース家にもたらしたことは記憶に新しい。

しかもその素材の出どころなどの確認やほかにもあるのではないかという問い合わせでしばらくガウバーの業務が中断させられるほどの騒ぎとなったのだ。

もっともクリストフたちが帰ってくればそのランクSの魔物の素材が倉庫1棟が満杯どころの話では済まない。そのことを知っていればこのような規制などなんの意味もないと分かるのだが、今のガウバーたちがそれを予想することはない。

魔物の骸の山を前にガウバーが放心する姿が見えるようだ……。

七章 悪意の正体

血しぶきが盛大に飛び散り、眼球や脳みそなども同時に巻き散らされる。その光景はかなりグロテスクだ。

そんなグロテスクな光景を繰り広げたのはヒエラルキーのほぼ頂点に君臨《くんりん》するランクSの魔物であるが、ランクSの魔物が蹂躙《じゅうりん》されている側である。

つまり魔物の頭を潰してグロテスクな光景を演出している者が存在する。それは……。

「え～もう終わりなの？　準備体操にもならないじゃないのよ～」

「そんなこと言ってカルラだけで6匹も倒しているじゃないか」

「ペロンだって倒してるでしょ？」

「僕は2匹だよ、僕とカルラで4匹ずつ倒すはずだったじゃないか！」

「あんたたち仲がいいわね。私とプリッツはそれぞれ3匹ずつ倒したわよ」

「クララたちも随分と成長したわね」

「そりゃ～アガカト大森林に入って毎日限界の戦いをしているのだから、ダンジョンで安全マージンを取った戦いとは成長が違うわよ！　ね、プリッツ」

「あ、うん、そうだね」

相変わらず影が薄いプリッツ、というよりはクララとカルラの個性が濃いのかな？

４人の話のようにカルラたちはこの半月ほどで急激に成長している。クララの言ったように限界ギリギリの戦いをしていたことで成長が早く、そして成長幅も大きい。

勿論、俺の加護による補正もあるが、今の状況がカルラたち４人を急激に成長させているのは間違っていない。

そして、成長著しいのはカルラたち４人だけではない。

責任感の強いゲール率いる護衛騎士も爆発的な成長を見せている。

ゲールとレビスの盾職コンビはすでにランクSの魔物をタイマンで圧倒できるまでに成長しているし、斧使いの凶悪顔ウィックは複数のランクSを相手取っても勝てるまでになっている。

更に準騎士のジャバンもウィック同様に複数の魔物を相手取っても勝てるし、ジャバンの剣技は芸術といえるほど美しい。王都に帰還したら正騎士に昇格させ騎士爵に叙爵させようと思う。

残り物といっては失礼だが、プリメラとジョブはランクS単体との戦闘は厳しいが、２人は元々斥候と補助職なのでそれは仕方がない。

ただ、プリメラの弓はランクSの魔物であってもしっかりとダメージを与えているし、斥候職としての索敵《さくてき》能力がこれ以上ないほど向上しているのは間違いない。

そしてジョブも、天人のアドバンテージを生かした空中からのかく乱が複数の魔物相手に非常に有効なので何度も皆の危機を救ってきた。

ハッキリいってカルラたち４人とゲールたち６人がその気になれば、この神聖バンダム王国を攻め滅ぼすことだってできる戦力だと思う。

カルラたちとゲールたちが我先《われさき》にと魔物を倒しながら進むと中央の大木を中心に半径２００mほどの開けた場所に出た。ここがアガカト大森林の中央なのか？

警戒しながら周囲を窺う。とくになにもないように見えるが、千里眼は効果を発揮していないので肉眼で確認できる範囲だけだ。

「ゲール、この広野になにもないか確認を頼む」

「了解しました。レビスとウィックはクリストフ様のお傍に控えているように。プリメラ、ジョブ、ジャバン行くぞ」

相変わらずゲールは俺に必ず護衛を付ける。それが彼らの任務なので仕方がないが過保護だ。

ゲールたちが周囲を警戒しながら大木の方へ進んでいく。

俺の横で同じようにゲールたちを見つめるドロシーの横顔が綺麗過ぎて見入ってしまう……いかん、いかん、今はゲールたちを見守る時間なのだ。

俺とドロシーの後ろでは近衛騎士たちとゼッツ男爵、冒険者たちが固唾を呑んでゲールたちを見守る。

彼らはこのアガカト大森林に入ってよいところがまったくない。しかしそれに危機感を持ってはいるが焦って突っ込んでいくことがない自分を知る人たちだ。

ゲールたちが大木まで10mほどに迫ったその瞬間、ゲールたちの姿が消えた。

「どうなっているのですか？」

ドロシーが声をあげる。ドロシーだけではない、カルラたちやカガリ隊長たちも同様に声を漏らす。

アガカト大森林には妙な力が働いており千里眼は効果が発揮できないし、魔力感知の範囲も極小といえるほどになって、中央部と思われるここでは半径100m程度しか効果がない。だから大木付近の魔力を感じるのはほとんど無理といえる状態で、開けた場所では視界のほうがはるかに多くの情報を得ることができる。

しかし200mほど先の大木付近にいると思われるゲールたちの魔力を俺は感じることができる。

今現在、俺の魔力感知の範囲は半径100m。俺たちからあの大木まではおよそ200mなので本来はゲールたちの魔力を感じることはできない。

しかし今のゲールたちは俺の加護を得ている。つまり俺との繋がりが強いために今の魔力感知の範囲をある程度超えても感知できるようだ。

だが、視線の先にはゲールたちがいるようには見えない。どういうことだ？

「レビスたちとカルラたちはドロシー様をお守りしてくれ。フィーリアは私に同行を」

皆の前でドロシーを呼び捨てにはできない。まだ婚約しただけで結婚したわけじゃないから。

「ダメです！　クリストフまで消えてしまいます！」

確かに俺があの大木に向かってもドロシーたちには俺たちも消えたように見えるのかもしれない。

しかし消えたはずのゲールたちは今でも大木付近で動いているのが分かるので、俺的にはなんらかの幻術《げんじゅつ》系の魔法が作用しているのではと思うわけだ。

そう皆に説明し、ドロシーやカルラたちをなんとか宥《なだ》めすかした俺はフィーリアを連れて大木を目指す。

ただ、レビスは俺が大木へ近づくことを一言も止めなかったので帰ったらゲールにチクってやろうと思う。

大木の30mほど手前でなにか不思議な感覚を覚えたので立ち止まる。俺を拒絶するような感覚といえばよいのか、そんな感覚を覚えたのだ。

後ろを振り返ると祈るように手を組んだドロシーたちの姿が見える。

おそらくこの感覚がゲールたちの姿を消したなにかの力なんだろう。

とりあえずこの力がなにかを調べる必要がある。

神界《しんかい》の英知《えいち》を発動。

俺が神となったことでアクセスできるようになったこの神界の英知により、ありとあらゆる事情を知ることができる。

しかしこの神界の英知を発動させると荒波の中を泳いでいるような無力感というか、どうしようもない精神的な疲労感に襲われるのであまり好きになれない。

神界の英知はすぐ前にあると思われるなんらかの力場《りきば》をまるでスキャンするように分析をしていく。

……なるほど、この力はやはり幻術の一種のようだ。

アガカト大森林のぼぼ全域を覆うように幻術の効果があることで俺の千里眼の効果が無効化されていたようだ。

しかも視覚系ほどではないが、魔力感知などの感知系の能力にも作用するためにこの中央部付近では俺の魔力感知の範囲がかなり狭められていたようだ。

この力場がなにかは分かった。問題はこの幻術の力場を成形した者が何者かということだ。

神である俺の千里眼を無効化できるほどの幻術領域を創り出せるほどの存在となれば、それなりの相手を覚悟する必要がある。まぁ、これはアガカト大森林に入る時から覚悟していたので今更なんだけどね。

「フィーリア、今から少し無防備になるから頼むね」

「はい、お任せください！」

フィーリアは聡《さと》い子なので事細《ことこま》かく説明しなくても分かってくれる。

こんな敵地のど真ん中で無防備になるのは怖いが、それでもフィーリアが傍にいてくれれば安心して集中できる。

この幻術の力場を侵食《しんしょく》するように俺の魔力を浸透《しんとう》させる。水に絵の具を溶かしたように俺の魔力を深く、深く、染み渡らせる。

「っ！」

フィーリアがなにかに反応したようだ。

今の俺は幻術の力場を侵食するために意識のすべてをそちらに集中しているため、目の前でなにが起こっているのか分からない。

だからフィーリアがいるわけで、フィーリアに任せておけばよいだろう。

幻術なんて珍しい力場なので時間はかかってしまったが、力場を侵食するのに成功したようだ。おかげで強力な幻術魔法を使えるようになった。

意識を戻す。俺の周囲にはゲールたちやフィーリアがおり、更にその周囲には数えきれないほどの魔物の骸が地面を埋め尽くしていた。

「フィーリア、大丈夫だったかい？」

「はい、問題ありません！」

「ゲールたちも無事かい？」

「ええ、わけの分からない空間に閉じ込められてしまいましたが、帰ってこれました」

どうやらゲールたちは幻術の中で自分たちがどこにいるのかも分からない状態に陥《おちい》ったが、俺が幻術の力場を侵食し解除したのでことなきを得たようだ。

しかしこの状況は……。

「フィーリア、説明してくれるかな？」

「はい、クリストフ様が集中し出してすぐに魔物が押し寄せてきましたので迎え撃ちました。しばらくすると戦っているゲール様たちが現れましたので共闘《きょうとう》し魔物を殲滅させました」

うん、分かりやすい説明だ。

そしてドロシーたちの方でも戦いがあったようだが魔物は当然の如く皆骸になっていた。

カルラとクララがドヤ顔しているのが見える……千里眼が有効になっているのは確認できた。

さて、こんなバカなことをしたのはどんな存在なのか？

魔力を張りめぐらせ周囲を窺う。反応があった方を千里眼で見ると……。

「ゲール、まだ動けるか？」

「当然です！」

「そうか、では私の視線の先にお客様がいるので丁重に連れてきてくれるかな」

「客……了解しました！」

俺がゲールに指示して怪しい人を迎えに行ってもらっていると、ドロシーたちが近づいてきた。

「クリストフ、大丈夫ですか？」

「ええ、私は無事です。ドロシー様もお怪我ありませんか？」

「私はレビスさんたちが守ってくださったので怪我はありませんわ」

そんな綺麗な顔で見つめられると理性を保つのに一苦労だ。

しばらくするとゲールたちが１人の若い男性を俺の前に連れてくる。ふてぶてしい表情をした若者だ。

おそらく彼は俺とほぼ同じ年代に見える。（前世は含まないぞ！）

足をやや引きずるように歩くのは癖なのか、それとも怪我でもしているのか？

目の前までやってきた若者を眺める……特に感想はないが、ドロシーやカルラたちはなにか驚いているようだ。

「あなたがアガカト大森林の魔物を氾濫《はんらん》させた方ですね？」

「……」

「……返事がない。ただの屍《しかばね》のようだ」

「死んでないわっ！」

ほう、ツッコミの心得《こころえ》はあるようだな。そうなると俺がボケでいいのか？　まぁ、この若者がボケツッコミを理解しているとは思えないから拘《こだわ》らなくてもいいかな。

「もう一度確認しますが、あなたが魔物の氾濫をさせたのですよね？」

「ふんっ、それがどうした？　虫けらの巣を魔物が掃除しただけではないか！」

「ほう、クソ虫のくせに言いますね？」

「だ、誰がクソ虫だっ⁉」

こいつ沸点低すぎだ。小者臭《こものしゅう》がプンプンしてくる。

こんな奴があれだけの数のランクSの魔物を集めることができるのか？……誰か協力者がいたと思う方が妥当だな。

こいつに俺の千里眼を防ぐだけの幻術を扱えるとはとても思えない。

「私は神聖バンダム王国の貴族でクリストフ・フォン・ブリュトイースという者ですが、あなたの名を伺っても宜しいですかね？」

「え？　クリストフ……」

ん？　なぜドロシーやカルラたちは俺に残念視線向けるの？　名前を聞いただけなのに？

「き、きさまは相変わらずフザケタ奴だなっ！」

なぜか殺気が増した視線を向けられる。

「……お会いしたことありましたっけ？」

「クリストフ……本気で言っているの？」

「なんだよ、カルラは彼に会ったことあるのか？」

カルラは彼のことを知っているようだが、俺には彼の記憶はない。

ん～、誰だっけか？

「クリストフ君……あまりおちょくるのはよくないと思うよ？」

「ペロン、おちょくるもなにも、私は彼と会ったことないと思うのだけど？」

『はぁぁぁぁ～』

そんなに深いため息を皆でつかなくてもいいじゃないか。

ほら、カガリ隊長やゼッツ男爵たちも彼が誰だか知らないって顔をしているよ。

「きさまっ！」

なぜかお怒りの若者が俺に掴みかかろうとしたのをゲールが間に入って制止する。

「はて……なぜそんなに怒っているのですか？」

全然記憶にない彼が勝手に俺を恨んでいるのか、それとも間接的に彼になにかしたのかな？

「クリストフ、こいつはワーナーよ」

「ワーナー……クララ、それ誰？」

「うがぁぁぁぁっ！」

なんか吠えているけど知らないものは知らないのだ。

「クリストフ君と決闘してボコボコにされたブレナン侯爵家のワーナー君だよ」

「お……おぉぉぉぉぉ！　なんと！　プリッツが長文を喋った！」

『そっちかいっ！』

「クリストフはワーナーが生きていることよりプリッツが長文（ってほどでもないけど）を喋っ

た方が驚きなの？　ボクはそんなクリストフに驚きだよ！」

だってあのプリッツだよ。クララに虐げられているプリッツだよ？　友達なのに声だってあまり聞かないプリッツだよ？

「あんたがプリッツをどう思っているか分かった気がするわ、プリッツだってちゃんと喋られるんだからね」

妹のクララがいつもとは逆にプリッツを庇う。そういえば初めて会った頃はもう少し喋っていたような気が……忘却の彼方に記憶が……。

「ちょっとビックリしちゃったんだ。プリッツごめんよ」

「え、うん。いいよ」

そう、それだよ！　プリッツといえば単語！　そっちの方がプリッツらしい！

「そんなことより忘れ去られたワーナーがかなり怒っているわよ。どうするのよ、あれ」

「ブレナン侯爵で思い出したけど、あんな顔だったっけ？」

「まぁ、多少は変わっている気がするけど、ボクはすぐにワーナーだと気が付いたわよ」

「ええ、なんか感じが変わったような気がするけど、あのワーナーで間違いないと思うわ」

「私もカルラさんやクララさんが仰るように彼のことは覚えていますわ。屋敷が火事になって亡くなったと聞いていましたけど、嘘だったということなのでしょう」

女性陣が一様に覚えていると仰っております。そしてペロンとプリッツの草食系男子2人はウンウンと頷いている。

でもさ、ワーナーなんて言われても名前なんて覚えていないし、ましてや顔だって覚える価値なんてない奴だよな？　バカぼんとか言ってくれれば思い出したのに。それと今はブレナン侯爵じゃなくてブレナン伯爵ね。

国宝級のマジックアイテムの紛失破損《ふんしつはそん》問題とボッサム帝国との戦争の不手際《ふてぎわ》の責めを負って降爵《こうしゃく》させられたと聞いている。

降爵の際、領地だけではなくいろいろ持っていた権利もほとんど剥奪《はくだつ》されたから没落《ぼつらく》の一途をたどっていると聞いたよ。

「さて、死んだはずの……ワーカーさん」

「ワーナーだっ！」

そこ笑わない！　言い間違いは誰にでもあるでしょ！

「あ、すみませんね。ワーナーさんはなんで生きているのですかね？」

「ふんっ！　きさまに教える義理はないっ！」

「あ、そうですか。ではワーナーさんを捕縛します。ゲール」

「はっ！」

「くっ！」

ゲールがワーナーに縄を打とうとすると、彼は周囲にいたプリメラやジョブを弾き飛ばして跳びのき、俺たちから距離をとる。

「誰がきさまなどに捕まるものか！」

そう言うと懐からなにかを取り出し俺に向かって投げつける。

それに瞬時に反応したフィーリアが投げられた物を槍で弾き飛ばしワーナーの顔面にヒット！

鼻血を盛大にまき散らし後ろに倒れ込むワーナー。一瞬のことだけど俺はしっかり見たからな、ワーナーの顔面になにかが当たった時に白目をむいて気絶したのをね。

次の瞬間、ワーナーの周囲に黒い霧が発生する。

「防御っ！」

ゲールが反応し瞬時に俺やドロシーの周囲に護衛騎士たちの防壁ができる。

俺もボケーっとしているわけにもいかないので防御結界を周囲に展開する。

黒い霧は俺たちを襲うのではなく、ワーナーの付近で広がってなにやら蠢《うごめ》いている感じがする。

それを見逃す理由はないので試しにカルラに攻撃してみるように言うと、カルラは手を上に向けて精神を集中させる。

するとカルラの手の先に光の球が現れる。その光の球は徐々に大きくなり、あっという間にカルラの顔の数倍の大きさになる。

光の球はまるで小さな太陽のように膨大なエネルギーを湛《たた》えており、漏れ出す温度の高さからとても高温だと分かる。

「唸《うな》れ！　フレアバースト！」

光の球、いや炎の球がカルラの頭上から放たれ黒い霧に向かって飛んでいく。

俺が教え始めた当初は、燃焼《ねんしょう》という現象を理解するのにも苦労したカルラが今ではこれほどの魔法を使えるようになっておじさんは嬉しいよ。

ペロンは理解力も高くいろいろなことを吸収していったけど、カルラには苦労した。いい思い出だよ。馬鹿な子ほど可愛いというしね。


高温を思わせる真っ青な炎の球が黒い霧に接触すると同時に膨れ上がり爆発を起こす。

カルラは俺たちが傍にいることを考えて魔法を放ったわけではないので、俺の結界にその衝撃波《しょうげきは》がガンガン当たる。俺の防御結界なので壊れはしないが、宮廷魔術師レベルの防御結界ならあっという間に破壊されていただろう威力《いりょく》がある。

爆風と荒れ狂う炎のために視界はゼロ。どう考えても防御結界の外にいるワーナー《バカぼん》はよくて瀕死《ひんし》、悪ければ骨も残らず燃え尽きているだろう。


カルラのお馬鹿さんは後先《あとさき》考えずに超強力な魔法を放った。

結構時間が経ったがまだ多少砂煙《すなけむり》が舞う。

半径200mほどだった開けた場所が半径500mほどになっており、中央にあった大木の姿形もない。

さて、そんな中、俺たちの目の前、フレアバーストの爆心地だった場所、黒い霧が蠢いていた場所に大きな黒い塊がある。

「ねぇ、これはあれだよね？」

「そうだね、あれだよね」

「あれでしょ？」

「あれだね」

カルラ、ペロン、クララ、プリッツの順のコメントだ。やっぱりプリッツのコメントが一番短い。

目の前には小山のような塊があり、その塊には翼がついているし俺たちを見据えて離さない目もある。

「……クリストフ、これはドラゴンですか？」

「見た目はドラゴンだけど、このドス黒さは謂《い》わばダークドラゴンかな？」

てなわけで、見てみますか。神眼発動！

体長は約50ｍ。左右二対《さゆうについ》４枚の翼を広げると恐らく１００ｍ近くあるだろう、巨体のドラゴンは……。

「……目の前のドラゴンはグリーンエレメンタルドラゴンらしいよ」

「はぁ？　どう見てもグリーンじゃないわよっ⁉」

「カルラ、このドラゴンは呪いを受けているんだ。だから鱗《うろこ》や皮が変色したようだね」

「呪いですか？……あまり近づきたくはないですね」

「グリーンエレメンタルドラゴンって、ランクで言うとどのくらいなの？」

「ドロシー殿下の浄化で一発じゃないのかな？　それとたぶんランクEXかな？」

「い、EXっ！」

近衛騎士の1人が悲鳴のような声をあげる。その近衛騎士を見ると彼はかなり動揺しているように見える。

まぁ、無理もない。普通はランクSで天災級《てんさい》といわれ、大国でも滅びの危機なのにランクEXともなれば人類の存亡《そんぼう》の危機といわれるのだから。

よく考えれば、この場にランクSの魔物を圧倒できる戦力が少なく見積もっても6人もいるし、ゲールたち護衛騎士を入れればその倍になるので、そこまでアタフタする必要はないと思うのだけどね。

まぁ、近衛騎士だけじゃなくゼッツ男爵や『ドラゴンの翼』の4人も真っ青な顔をしているけど。

「ひゃーっっはははははっ！　恐れおののけ、きさまらに生きる未来はない！　復讐を果たす時がきたのだっ！」

真っ黒なグリーンエレメンタルドラゴンの陰に隠れていて見えなかったが、ワーナーは健在だった。ただ、体中が焼け爛《ただ》れており、その姿はかなり惨《ひど》い有様《ありさま》だといえる。

敵なので治してやる気はないけど、あんな姿でよくあそこまでの強気発言ができるものだと彼の復讐心に脱帽《だつぼう》だよ。

てか、復讐される覚えがないのだけど？　一体誰に復讐をするのかな？　カルラ？

「あんた今失礼なこと考えていたでしょ？」

「え、いや〜そんなわけないだろ？　ただ、彼が復讐と言っているけど、誰に復讐するのかな？と思ってね」

「はぁ？　あんたに決まっているじゃない！」

「え？　でも私の記憶ではマジックアイテムの暴走で命を失いかけていた彼を助けたという認識なのですが？」

「あーいう奴は助けてもらった恩《おん》なんて微塵《みじん》も感じないし、自分の頭の悪さと性格の悪さを人のせいにするのよ。人間以下のクソ虫なんだから仕方ないじゃない」

わーい、カルラさんがとても辛辣《しんらつ》なんですが。

つーか、逆恨みもいいとこじゃね？　一回殺しておくか。

「ふざけるな！　きさまら全員生きて帰れると思うなよっ！」

「もう喋らない方がいいですよ……」

「ふんっ、この程度の火傷などきさまらに受けた屈辱《くつじょく》に比べれば大したことはないわっ！」

「あ、そうじゃなくて、喋ると小者臭がプンプン臭《にお》うので……」

「きぃさぁまぁぁぁぁぁぁぁ、とことん馬鹿にしくさってぇぇぇぇぇぇっ！」

憤怒《ふんぬ》の形相《ぎょうそう》とは今のワーナーのことを言うのだろう。

最近の若者はキレやすいというから、後ろから刺されないように気を付けなければ。

「クリストフ、あまり遊んでないでサッサと片付けて帰ろうよ。ボクもう飽《あ》きちゃった」

「それ賛成！　私もワーナーが相手だと知ったら拍子抜けしちゃった。早く帰ろう！」

「カルラとクララは彼の扱いが酷《ひど》いよね。僕、なんだかワーナー君がかわいそうに思えてくるよ」

「……」

プリッツよ、なにも言わないのか！

「とりあえず、ドロシー殿下はグリーンエレメンタルドラゴンを浄化してください。ほかの者はドロシー殿下をお守りするように」

無難《ぶなん》に指示を与える俺はいつも平常心《へいじょうしん》で頼りになるのだ！


ドロシーが詠唱《えいしょう》を始める。無詠唱でも浄化の魔法は発動可能だが、相手がランクＥＸだということを念頭《ねんとう》に集中力を上げるための詠唱だろう。よい判断だと思う。

「おいっ、トカゲ！　奴らを蹴散《けち》らせ！」

ワーナーが真っ黒なグリーンエレメンタルドラゴンに指示をすると、巨大な顎《あご》を大きく開けものすごい音量の咆哮をあげた。てかトカゲでいいのか？

鼓膜《こまく》を破らんとする咆哮のあとに、トカゲは俺たちを薙《な》ぎ払《はら》うように巨大な尻尾《しっぽ》をこちらに放つ。

ガツンという音と共に防御結界が震える。

俺の防御結界を震わせるとは、なかなかの破壊力だと褒めてやろう。

しかし今の俺はあの八岐大蛇と戦った時よりも遥《はる》かに上位の存在となっている。そんな俺の防御結界を簡単に破壊できるものではないのだよ。


カルラたち4人が一斉に魔法を放つ。どれも発動時間を考えて上級か特級程度の魔法だ。

轟音《ごうおん》と共に爆風により砂が舞い上がり周囲を覆い隠す。

トカゲの姿がまた見えなくなる。なにやっているの、と言いたい。

「ち、見えないんじゃ仕方がないわね。砂塵《さじん》が晴れるまで待つわよ」

それ、カルラたちがやったのですが？　今後は考えて攻撃してくれよ。

それはそうとワーナーは生きているのかな？　先程まで全身火傷のひん死状態だと思ったけど、今回の攻撃の余波《よは》で死んだかな？


砂塵が晴れていく。トカゲは健在。傷らしい傷も見当たらない。

まぁ、カルラの最大火力であるフレアバーストを受けてもピンピンしているのだから、今の4人の攻撃で致命傷《ちめいしょう》を与えるのは難しいだろう。

ワーナーは……あ、地面に倒れている……今度こそ死んだか？……あ、立ち上がった……肩で息をしてかなり辛そうに見える。

復讐なんか諦めておとなしく捕まればいいのにね。そうすればこれ以上酷い扱いはないと思うよ。

「ちょっと全然きいてないよっ！」

「クリストフ、なんとかしなさいよ！」

「2人とも落ち着いて、クリストフ君だって防御結界を維持しているから攻撃まで手が回らないんだよ」

「……」

プリッツっ、喋らんのか！

「折角《せっかく》ワーナー君が用意してくれた獲物なのに私が倒してもいいのかな？」

『くっ！』

ランクEXなんて滅多に会えない獲物だぞ。ほら奮起《ふんき》して4人で倒してみようよ。早くしないとドロシーの浄化魔法で正気を取り戻して戦う理由がなくなるかもよ？

「言ってくれるわね。やってやろうじゃない！　皆、あれをやるわよ！」

「え、あれはまだ成功したことないんだよ！」

「そうよ、無茶よ」

「……」

もう言わないぞ！　プリッツ、お前意外と俺のツッコミを誘っているだろ？

「無茶でもなんでもやるのよ！　馬鹿にされたままじゃ気持ちよく寝られないわよ！」

なにをするかは分からないけどカルラの安眠のためにも成功させてほしいものだ。

トカゲが再び攻撃を仕掛けてくる。防御結界は全然余裕だけど、ワーナーのドヤ顔がムカつく。

「クララ、プリッツ！」

「分かったわよ！」

「うん」

お、喋った。あ、いかん、いかん、ツッコまないと決めたんだった。

カルラの合図でクララとプリッツが詠唱を始める。どうやら強力な魔法を撃とうとしているようだ。

「ペロン、行くわよ！」

「うん！」

カルラとペロンも詠唱を始めた。

ドロシーの方はどうなっているかな？　と彼女を窺う。ゲールたちとカガリ隊長やゼッツ男爵、そして『ドラゴンの翼』の面々がドロシーを守るように展開している。もうしばらく詠唱に時間がかかりそうだ。

俺が一気に決着をつけてもいいけど、それでは彼女たちが常に俺を頼る体質になりかねないし、なにより彼女たちの経験にならない。

だからドロシーにしても、カルラたちにしても、俺は彼女たちを見守る。

見守るのも神としての大事な役目なのよ。

「ぐへへへへへ、どうした、守るだけか？　今なら苦しまずに殺してやるぞ！」

「ワーナー君はなにもしてないのに言いますね」

「はんっ、トカゲの攻撃を防ぐだけで手一杯のくせに言うじゃないかっ！」

「……なんだかデジャヴなんですが？」

ワーナーは自分が優勢《ゆうせい》だと思っているようだけど、冷静に戦況《せんきょう》を見る目があればそうでないことが理解できると思うよ。

事実、トカゲは俺たちを殺そうとありとあらゆる攻撃を仕掛けてきているけど、俺の防御結界にはヒビひとつないからね。

それに神である俺の前で悪がはびこるなんてことはないのだ！　ふはははは！

あ、なんか俺が悪役みたいな笑い方だったな、いかん、いかん。


ワーナーが優越感に浸りながら高笑《たかわら》いをしているとカルラたちの準備が完了したようだ。

「行くわよ！」

「いつでもいいよ！」

「どーんとこいっ！」

「いいよ」

プリッツ、もっと声を張っていこうぜ！

『ライトニングフレアタイフーン！』

4人の声が揃った！　スゲー！

なにがすごいかって？　プリッツが叫んでいたんだ！　もうお目にかかれないかもしれないぞ！


4人が発動した魔法は……まぁ、ネーミングのままで、3つの魔法を合体させるというものだ。

俺とカルラとペロンが初めての実戦講座で見せた合体魔法の応用だね。

あの時はカルラとペロンが放った下級魔法を俺が合体させ威力マシマシの特級並みの破壊力を持たせたけど、今回4人が行ったのはそれを大規模にしたものだ。

カルラが火属性魔法、クララが雷属性魔法、プリッツが風属性魔法を放ち、それをペロンが合体させるというものだ。

クララとプリッツは双子なだけあり魔力の量や質はバッチリの親和性だが、カルラの魔法は2人に合わせて魔力を調整しているようだが親和性が悪い。

そこでペロン登場だ。3人分の歪《いびつ》な魔力となった魔法をペロンの魔力が均《なら》し調整しコントロールすることで魔法が完成するのだ。

クララとプリッツの魔力は謂《い》わば水と水なので合わせても違和感はないが、カルラの魔力は油なので2人の魔力と交わるのを拒否するように跳ねたりする。

ペロンは2人の魔力を調整するよりもカルラの魔力の調整に全力を注いでいるようで、額からは大粒の汗が滴り落ちる。

目の付け所はよい。3人分の調整よりもカルラ1人の調整を行う方がはるかに優しいのだ。

あとはペロンの魔力がカルラの刺々《とげとげ》しい魔力を均し2人の魔力と融合させることができるかだ。

カルラは4人の中では最も魔力が多いので、それをどう抑え込み宥《なだ》めすかすのかが見ものだ。

……な、なるほど……さすがはペロン。抑え込むのではなく、宥めすかすのでもなく、ペロンはペロンの持つ最大の特徴である包容力《ほうようりょく》でカルラを包み込む。いや、カルラの魔力を包み込んでいる。

油を中和するかのようにカルラの魔力に浸透《しんとう》していき2人の魔力に近づける。

俺でもできない魔力の使い方だ。素直にペロンに脱帽する。

しかしペロンがその才能を発揮しても最終的には合体魔法が発動しなければすべてが徒労《とろう》に終わる。ペロンがどこまでカルラの魔力を中和できるかがカギだ。

『いっけぇぇぇぇぇぇっ！』

轟音とものすごい熱量がトカゲを包み込む。

灼熱《しゃくねつ》の炎が渦巻き、そしてその渦に無数の稲妻が走る。見ているだけで熱く苦しそうな魔法だ。

まるで太陽フレアのようにすべてを焼き尽くさんと荒れ狂うライトニングフレアタイフーン。

ランクEXのトカゲでもこの魔法を受けてはタダでは済まないだろう。

「ほう、これはなかなか……」

思わず声が出る。

これだけの大規模合体魔法を成功させた4人を素直に褒めてやりたい。俺に教えてもらうのではなく、4人で試行錯誤《しこうさくご》し完成させた新合体魔法だ。

「すごい……」

ゲールたちだけではなく近衛騎士、ゼッツ男爵、冒険者、全員が４人の新合体魔法に驚嘆《きょうたん》の声をあげている。

ライトニングフレアタイフーンはトカゲだけではなく、俺たちも包み込もうとするが俺の防御結界がそれを防ぐ。ガリガリ、バチバチと防御結界を削るも俺の防御結界はまだまだ健在だ。

やがてライトニングフレアタイフーンの猛威《もうい》が収まるとそこにはワーナーはいなかった。あまりの熱量に焼き尽くされたわけではない。

カルラたち４人がライトニングフレアタイフーンを放った直後に空間転移が発動したのを俺は感じたので奴は逃げたのだと思う。

随分と大口をたたいていたけど、死ぬ前に逃げ出した彼の判断はある意味正しい。ゴキブリ並みのしぶとさには感心する。彼にはバカぼんＧの称号を贈ろう。

「やった！」

「成功だよ！」

「私たちだってクリストフのお飾《かざ》りじゃないんだから！」

「（ガッツポーズ！）」

プリッツ、喋ろうよ……。

目の前にはトカゲだけが存在する。周囲は……半径２㎞ほどの木々が燃え尽きており、一面焼け野原となっている。地面だって俺の防御結界で守っていた範囲以外は真っ赤なマグマのようになっており、ドロドロと蠢いている。

やり過ぎ感はあるが、ここまでしないとランクＥＸにダメージを与えることができないのだ。

トカゲもライトニングフレアタイフーンを受けて五体満足《ごたいまんぞく》というわけにはいかない。

二対４枚の翼は跡形もなくもげており、元々真っ黒だからわかりづらいが体中が炭化《たんか》している。

ハッキリ言えば虫の息だ。

しかも呪いが体中を侵食しているのでドラゴン特有の圧倒的な回復力の邪魔をしている。このまま放置すれば間違いなく絶命《ぜつめい》するだろう。

「クリストフ、浄化できます」

お、ちょうどいいところにドロシーの浄化の準備が終わったようだ。

「頼むよ」

「セイクリッドピュリフィケイション！」

ドロシーの全身が淡い光に包まれると炭化して真っ黒になった呪われたグリーンエレメンタルドラゴンを優しい光が包み込む。神秘的なその光景を見たカガリ隊長たちがひざまずきドロシーに頭を垂れるほどの神々《こうごう》しさだ。

神である俺よりも神々しいその姿を見るに、もうドロシーが神でよくね？　と思うほどだ。

優しいその光に包まれたグリーンエレメンタルドラゴンは何度か唸り声をあげるものの暴れることはなかった。

そして包み込んでいた光が消えるとその綺麗なグリーンの鱗を俺たちに見せる。ドロシーの浄化は成功したのだ。

「てか、あれ小さくなってない？」

「うん、どう見ても半分以下になっているよね？」

「それに、なくなったはずの翼とかも生えているわよ？」

「……」

喋れよ、プリッツ！

そんなことより確かに俺たちの目の前には明らかに小さくなったグリーンエレメンタルドラゴンがおり、俺たちの方に近づいてくる。

身構える皆をよそにドロシーが前に出るとカガリ隊長たち近衛騎士が真っ青な顔をして止めようとするが、ドロシーの方が早かった。

「痛かったですね。苦しかったのですね」

ドロシーが近づいてきたグリーンエレメンタルドラゴンに語りかけると、グリーンエレメンタルドラゴンは頭を下げ鼻先をドロシーの前に出す。

その鼻先を手で撫でるドロシーの図はとても絵になる。

美しいドロシーと綺麗な緑色のグリーンエレメンタルドラゴン、構図としては最高だ。

「決めました！　あなた、私と一緒に来なさい！」

「ぐるぅぅ〜」

ドロシーの語りかける言葉をしっかり理解しているグリーンエレメンタルドラゴンは軽く首を上下に振る。どうやらドロシーがグリーンエレメンタルドラゴンをテイムしたようだ。

「え、マジ？」

カルラたちが驚きの声をあげたけど、ドロシーのとんでも発想にカガリ隊長たちはなにも言えなかった。顔が真っ青だった。

◆◇◆◇◆◇◆◇◆◇◆◇◆

アガカト大森林の氾濫原因調査と、原因の排除が完了した俺たちは俺が造った城に戻る。今は居残り組の近衛騎士やゼッツ男爵の部下の騎士たちが屋敷を管理している……はずだった。

戻ってみると近衛騎士と騎士たちは屋敷の敷地外でテント生活をしているのだ。

「これはどういうことでしょうか？」

「ふん、この城はアグラ周辺の防衛を担うにちょうどよいので接収した」

俺の造った屋敷を勝手に接収したアグラ周辺の防衛を任されているアラハンド伯爵と面会し事情を聞いたのだが、聞くに堪《た》えない言葉を並べ立てるので割愛《かつあい》する。

だから俺は正式な抗議文をアラハンド伯爵と北部総督であるセジミール辺境伯に出して、早々に王都に戻ることにした。

勿論、抗議文の作成はペロンの仕事だ。え？　勿論の使い方がおかしいって？　いいじゃないか、ペロンは将来俺の家宰《かさい》となる予定なんだからいい経験だよ。

当然、国王陛下に対する報告書もペロンが作成するのだ！　抗議文だろうと、報告書だろうとペロンが作成したものに俺がサインをする。

これは貴族ではごく普通のことなので、未来の家宰さんには頑張ってもらうのだ。


王都までの移動はまたゴーレム馬車だった。

空間転移で移動しようと提案したのだが、ゲールたちが道中の町や村にお金を落とすのも貴族《ノブレス》の義務《オブリージュ》というので地道に帰ることになった。

北部に移動する時もそうだったが、面倒臭いものだ。

ただ、面倒でもこれを怠ると非難や侮られたりするので怠《おこた》れないのだという。

でも俺はいつも空間転移で移動しているよ、と言うと勅命と私事では重みが違うのだそうだ。

はぁ～面倒臭い。

因みにグリーンエレメンタルドラゴンはドロシーがアルーと名付け、俺が事前にブリュト島に連れていった。飛んで王都まで行ったら大騒ぎになるのは俺でも分かるのでそうした。

道中なにもなく王都に戻り陛下への報告書を提出し、更に2日後に王城へ登城することになった。

その間に父上には事前報告し、そのあとは母上やアン、イグナーツと柔らかな時間を過ごす。

ちょっと見ない間にイグナーツはまた大きくなり抱き上げると命の重さを感じる。


青葉が目に染みる5月の日射しが暖かく気持ちよい。

いつもは生き馬の目を抜くような王都もこの日射しの中で緩やかに時間が流れる感じだ。

そんな気持ちのよい気候の中を、俺は王都の道を王城に向けてゴーレム馬車で移動する。

このゴーレム馬車の廉価版《れんかばん》をブリュト商会で売り出したところ、貴族や大商人、果ては他国の王侯貴族からも注文を受けるに至っている。

安いものでも1台1億8千万Sもするのにすでに100台近くを売り上げ、300台以上の注残がある状況だ。日本円で1台18億円相当だからその高額さが分かるだろう。

装甲車がいくらかは知らんが、装甲車を買うと思えば安いのかもしれないけどね。

廉価版なので防御結界も乗り心地も廉価版仕様となっているし、空間拡張も僅かに留めている。

それでも普通の馬車よりはるかに乗り心地がいいし、なにより安全性に優れているからよく売れているのだと思う。


王城に入るとすぐに陛下の執務室に通され、口頭で報告を行う。

事前に報告書に目を通していたと思われる陛下は何度か頷き机の上に用意していた羊皮紙《ようひし》にス

ラスラとなにかを書く。

「してブレナンの小倅《こせがれ》は広範囲の魔法の発動時にはその中心点にいたそうだが……」

「残念ながら転移したのを感じましたので逃げられたと見るべきでしょう」

「ブリュトイース子爵が言うのであれば間違いないのだろうが、転移……マジックアイテムなのか？」

「はい、彼では空間属性の魔法や魔術を扱うことはできませんので」

「なぜそう思うのだ？」

「正直申し上げますが、空間属性はほかの属性よりもはるかに制御が難しいのです。彼にそれほどの魔法の才があるとはとても思えないのです」

「ふっ、天才といわれるブリュトイース子爵だから言えることだな。して子爵はブレナンの小倅が今回の騒動の発端ではないと考えるのだな？」

あの場にはバカぼんGのワーナーしかいなかった。しかしあのワーナーにあれだけの騒ぎを起こせる力があるかと聞かれれば、答えはNOだ。

だから報告書にも正直にそのことを記載していることから陛下のこの質問となったのだろう。

「先程の繰り返しとなりますが、彼に今回の騒動を起こせるほどの力はないでしょう。ならば、何者かが裏で糸を引いていると考えるのが妥当かと」

「余もそう考える、ご苦労であった。以後、ワーナー・ブレナンの捜索はほかの者に行わせる。また、ドロシーとカガリよりも報告を受けており子爵及びその配下の功績は明らかだ。日を改めそなたを伯爵に陞爵《しょうしゃく》させることとする。勿論、部下たちにも褒美を与えよう」

「有難き幸せ」

「うむ、下がってよい」

こうして俺は伯爵に陞爵が決まった。この程度のことでと思うが、これは出来レースなので最初から決まっていたことなのだ。

また、今回の功績でカルラ、ペロン、クララ、プリッツの4人も騎士爵に叙爵することが決まり、準騎士だったジャバンも正騎士として騎士爵に叙爵が決まった。

ゲールたちも功績をあげたが、今回は見送りだ。ゲールを上げてしまうとフェデラーとの兼ね合いもあるしね。


「相変わらずお綺麗ですね」

「まぁ、クリストフがそんなこと言うなんて槍でも降らなければよいのですが？」

「ドロシー殿下が私をどのように思っておいでか分かりましたよ」

「冗談ですわ。ふふふふ」

陛下への報告のあとはドロシーとのお茶会だ。このお茶会に出ないとドロシーの機嫌がものすごく悪くなるので絶対出席だ。

王都に戻った時に別れたので3日ぶりとなる。ドロシーの笑顔は今日の日射しのように眩しく、そして温かだ。癒される。

「ブリュトイース子爵殿、姫様はお帰りになった3日前から子爵殿とお会いできないと嘆かれておいでてでしたのよ、ふふふふ」

「レイディア、なにを言っているのですか！」

レイディアさんは30代と思われる侍女で、ドロシーが幼い頃から仕えている侍女だ。

それにしても赤くなり侍女に抗議するドロシーも可愛いな。

ティーカップを持ち上げ口を付ける。相変わらずよい香りの美味しいお茶だ。

たしか、王家秘伝のブレンドがされていたのだったな。俺もオリジナルブレンド茶でも作ろうかな。ルーナにでも試してもらおう。なんなら茶葉の品種改良をしてもいいな。

次はティーカップの横に出されたケーキをフォークで一口分切り取り口に入れる。

うむ、俺好《おれごの》みの甘さ控えめのケーキだ。これはドロシーが作ったのかな？　とドロシーを見るとケーキの味の意見を聞かせてほしそうな顔をしている。

「うん、私の好きな味だね。美味しいよ」

「本当に⁉」

「うん、これはドロシーが作ったのかな？」

「ブリュトイース子爵殿のために、姫様が朝から気合を入れてお作りされたものです」

「もう、レイディアは黙っててください」

真っ赤になり膨れるドロシー。いつも大人びて見えるドロシーも、こうして見ていると13歳の少女だと微笑ましく思う。

今度はフルーツタルトのレシピでも差し上げよう。

「まぁ、それはどのようなお菓子ですの？」

「はい、やや歯ごたえのある地に、バニラの香りが食欲をそそるカスタードクリームとたくさんのフルーツをのせたお菓子です」

「まぁ、美味しそうですわ」

ドロシーにフルーツタルトのレシピを差し上げる時には見本として現物も差し上げよう。そうすればイメージしやすいだろう。


ドロシーとお茶をしてお話をして楽しい時間を過ごして屋敷に帰る。

屋敷には父上がお越しになっており、陛下への報告の場での話をする。

「うむ、陞爵の根回しはほぼ済んでいるので来月には陞爵式が行われるだろう」

「しばらくはゆっくりできるでしょうか？」

「入植が進んでおるのでそうそうゆっくりもできぬだろうが、2、3日ゆっくりしてもよかろう」

たった2、3日なの？　俺頑張ったよね？

「そんな顔をするな。クリストフがいないとブリュト島の開発が進まぬではないか。なんでもすでに5万人近い入植者数となっているそうだぞ」

え、5万人？　今回のアガカト大森林遠征に出る前は1万人だったのに、俺が居ない2ヵ月ほ

ど で4万人も増えたのか？

「驚いているようだが、入植希望者はまだまだおるぞ。なんといっても英雄の領地だからな」

「……英雄？」

「知らぬのか？　北部の貴族たちが手をこまねいて見ているだけだったアグラとアガカト大森林を見事に平定したのだから、巷《ちまた》ではクリストフを英雄と囃《はや》し立てているぞ」

マジかぁ～。止めてほしい。

「しかもアラハンドなどはお前の建てた城を横領したと噂になっておるぞ」

「……それってもしかして父上が噂を流していませんよね？」

「ははは、バレてしまったか」

「バレてしまったか、じゃないですよ！」

「よいではないか、噂は本当のことなのだから」

父上の考えが読めてきた。

北部総督のセジミール辺境伯は貴族派で父上の政敵で、砦群を任されているアラハンド伯爵も貴族派なので面目を潰し物理的なダメージを与えておこう、そんなところだろう。

西部の雄であったブレナン家が凋落したので今度は北部をと思っているのだろう。

「あまりやり過ぎないでくださいよ。政治だけじゃないですが、バランスは大事ですからね」

「ほう、言うではないか。それが分かっているのであればクリストフが増長《ぞうちょう》することはないだろう」

「父上も増長しないでくださいね」

数日後、ブリュト島に帰るとガウバーが手ぐすねを引いて待っていた。

どうやら資金が余り気味なので開発と軍部強化に使うための補正予算案の報告をしたいらしい。

「南地区の居住区はすでに8万人規模の住人の受け入れが可能でおま！」

お前はどこの生まれだよ。ウードは能力はあるのだが、受け答えが軽いので心配も絶えない。

ただ、俺も人のことは言えないし、こういうノリは嫌いじゃない。

ブリュト島に帰った俺はフェデラーやガウバーたちから不在にしていた間の報告を受けている。

軍部はまだ規模が小さいのでフェデラー1人で報告はこと足りるが、行政は小さな領地でも報告事項は多岐《たき》にわたるので文官の方が人数は多い。

そこでウードが報告する番になったのだが、こいつは相変わらずノリが軽いのだ。

ウードは土属性が特級で土木や建築が得意分野なので土地開発を任せているが、この軽いノリで現場の作業員との距離を縮めいい関係を築いているようだ。

「次はイーソラの東に入植可能な村をと思いますが、どうでっしゃろ？」

イーソラ周辺に食糧生産の拠点を造るための村だというし、イーソラだけで発展させるよりも周囲に衛星都市的な村を造り、なにかあった時に臨機応変《りんきおうへん》に対応できるようにするための都市計画だ。

このブリュト島は魔物生息地がおよそ6割で残りの4割が人間の入植可能な土地となる。

俺はそういった人間と魔物の住み分けを明確にするために、最初の入植許可を出す前に巨大な防壁を築き、人間の住むエリアに魔物が入ってこられないようにしたのだ。

延々と伸びる防壁の見た目は万里の長城だが、防壁は万里の長城ほど長くはない。

防壁には魔物除けを等間隔で設置しているので魔物の侵入もほぼないといえる。だから魔物を気にせずに開発ができるのだ。


ウードが中心となって検討した衛星都市案を却下する理由もないので俺はそれを承認する。

「では開拓ゴーレムを投入し建設時間の短縮を図りたいと思います。その分、ほかの事案に予算を割けますので」

「ガウバーとウードに任せる」

俺に力を貸せと言うのではなく、ゴーレムを貸せと言うのでゴーレムを貸し与える。開拓に使っているゴーレムは合計100体あるが、その100体すべてにガウバーとウードの命令権を設定した。


次はフェデラーの報告だ。

現在の状況だと魔物に対する備えは不要とはいえ、何事も最悪を想定して準備するのが彼の役目なので、衛星都市の防衛に関する設備や装備、そしてなにより人員補充の予算計上だった。

設備や装備は一時的な予算だが、設備や装備のメンテナンスなどにも経費が発生するし、人員補充をすればこれも永続的に支出が増えることを意味する。

しかし人口がすでに5万人を超えていることで治安維持の観点からも人員補充は急務となっているので、フェデラーの補正予算案もほぼ希望通り承認する。

「あ、そうだ。入ってきてくれ」

俺が促すと会議室の扉が開き4人の男女が入ってくる。

「彼らは元A級冒険者で引退してブリュトイース《うち》に仕官してくれたから」

『A級冒険者⁉』

皆の驚く顔が見られて嬉しいよ。

もう言うまでもないけど、彼らは生き残った『ドラゴンの翼』の4人だ。

アガカト大森林から生還した彼らはなぜか俺に懐いてしまって俺に仕官してきたのだ。

腐っても元A級冒険者なのだから戦闘力は折り紙付きなのであとはフェデラーに任せる。

「クリストフ様……」

フェデラーが抗議の視線を向けてくるが見なかったことにする。

八章　自重を忘れた

神聖暦514年6月15日（晴れ）。陞爵式が行われ俺は伯爵となった。

ついでではないが、カルラ、ペロン、クララ、プリッツ、プリメラ、ジョブ、ジャバンも騎士爵に叙爵された。

プリメラやジョブも叙爵されていなかったのでこの際だから皆叙爵しちゃえってなったのだ。


叙爵式に先立って俺は陛下に呼ばれ執務室に赴いた。

そこで陛下は俺に本土の港整備を命じてきた。

今現在、神聖バンダム王国の本土に港はアルスム港ただ1ヵ所しかない。

なぜ1ヵ所しかないかといえば、海に面した土地の多くは森や山岳地帯になっており魔物が多く住むためだ。

アルスム港は神聖バンダム王国唯一の港なので諸外国との貿易で栄えていることから、港湾都市アルスムと呼ばれ人口も多い。

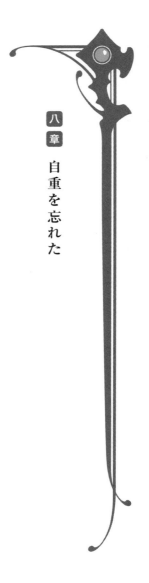

ただし、その港を治めるのは貴族派で、陛下としては貴族派に唯一の港を押さえられているのはあまり面白くないのだろう。

だから俺に白羽の矢が立ったわけだ。

急ぎ候補地を探せと命令され、仕方がないので港の候補地を探し報告した。

そして叙爵式でその土地の下賜《かし》が言い渡され港の開発を行うことになったのだ。

表向きは領地を与えるということだが、未開の地、それも魔物が闊歩する森を与えたことで褒美よりも罰じゃないかと言われたが、陞爵と領地をセットにしたことで貴族派からの横やりはなかったともいえる。

これも事前の調整の内だと父上が仰っていたが、面倒ばかり押し付けてくる。


俺の陞爵を祝うパーティーが行われる。

そのパーティーは王都の俺の屋敷で行われるのだが、ドロシーも参加することになっているので外せない！

薄い緑色のドレスのドロシーが綺麗だ。

1年前はドロシーより背が低かった俺も今ではほぼ同じにまで背が伸びている。1年間で15㎝も背が伸びたが成長痛《せいちょうつう》はない。

神に至ったことのメリットだろう。そもそも神にとって肉体は入れ物でしかないし、自由に変えることができるので見た目はいくらでも変えられるのだ。

でも今回は自然に肉体が成長したので普通に嬉しい。ただ、ひょろっとしたところは変わりないのでもう少し筋肉を付けたいとも思う。

◆◇◆◇◆◇◆◇◆◇◆◇◆

『お館様、城を築きましょう！』

「いきなりなんだよ⁉」

ガウバーとウードが俺の執務室に入ってくるなり2人が吠えた。

「入植者数が10万人を超えました。更に入植待ちの者はまだ大勢おります！　ブリュト島の人口は増え続けるでしょう！　ですから伯爵家にふさわしい城を築くのです！」

「話は分かったから落ち着け」

鼻息の荒いガウバーとウードを落ち着かせソファーに座らせる。ウードはともかく、いつも沈着冷静《ちんちゃくれいせい》なガウバーが興奮している。ガウバーの別の一面を見たようだ。

「話は分かったが、いきなり城を築くなんてどうしたんだ？」

「お館様たちがアガカト大森林から持ち帰った魔物の素材が大変なことになっているのでおます」

「然《しか》り！　予算が余って仕方がないので大規模な工事を行い市場に金を循環《じゅんかん》させましょう。さすれば入植希望者は更に増えることでしょう！」

公共工事を行うことで民間に金を落とすわけか。そうすれば好景気となってブリュトイース家に返ってくると……だが、それだと公共工事が終わったら景気が急速に縮小し不景気になるのだぞ？　それを分かっているのか？

「城の築城のほかに衛星都市の建設もありますゆえ、十数年は好景気が続きましょう」

「されどそれらの建設が落ち着けば景気が落ち込むことが予想されておます」

「ですからブリュト島の名産を作る必要があります」

「そこで名産として魔物の素材を加工した品をと考えておまっ！」

「シルクスパイダーをはじめとする珍しい魔物の素材を安定的に供給できるようにお館様のお知恵をお借りできればと考えております！」

ガウバーとウードが交互に説明をする。若干、ウードの変な訛りが気になるが無視して聞く。

一応、公共工事以外に名産を作ることも考えているのでやらしてみるかな。シルクスパイダーはダンジョン内に配置すれば安定供給も可能だしな。

一応、会議で諮《はか》ることにして２人を下がらせる。

しかしびっくりだな。俺の知らない内に屋敷の金庫がすでに満杯で金が溢れているそうだ。

だからイーソラの屋敷の地下室は臨時の金蔵となっているそうで、ものすごい勢いで埋まっていくと言っていた。使っても使っても支出より収入の方が多いので、もっと使うしかないそうだ。

ランクＳの素材パネェな。

とりあえず城より先に陛下より命じられた港を造ろう。金を使うのに変わりはないし、地続きなのでブリュト島よりは入植の手間も省けるだろう。

候補地の整地はすでに終わっている。あとはほかの街と繋ぐ道を整備して多少の区画整備を行えば俺の仕事は終わる。今のままでは陸の孤島状態なので道は重要だ。

俺が港を造るのに選んだ土地は港湾都市《こうわんとし》アルスムから見て北東の森林地帯の中だ。

森林地帯を切り開き港を築き道を繋げるのだが、道を貴族派の領地に通すのはＮＧだ。だから選択肢はそれほど多くなく、この地に決めたのだ。

森の木々を切り倒す。これはゴーレムに任せれば俺がいなくても作業は進む。

問題はそこに生息する魔物だ。討伐するのは簡単だが、こちらの勝手な都合で殺しまくっては後味が悪いので移住してもらうことにした。

移住先は俺の創ったダンジョンだ。ダンジョンといってもブルーエレメンタルドラゴンのブルエレに管理させているダンジョンではなく、新しく創ったダンジョンだ。

ダンジョンマスターである俺はダンジョン《D》ポイント《P》と引き換えに新しいダンジョンを創り出すこともできるので、野生の魔物をダンジョン内に収容しそこで自由に生きてもらうことにした。

因みにほかにも新しいダンジョンを創っており、畜産や農業をダンジョンの中で行っている。

俺の意思で天候をはじめ気温や湿度などを自由に変更できるダンジョンは畜産や農業に適していると気付いたのは最近のことだ。

しかも人手は要らない。人手が要る時はゴーレムに作業させるし、肥料も不要、虫だってつかないので虫の駆除《くじょ》も必要ない。なんでもかんでも俺の思いのまま。ご都合主義バンザイだっ！


道を造る作業はゴーレムに任せ俺は港の建設だ。

現在、神聖バンダム王国で主流の船はマストのある帆船《はんせん》だ。

港湾都市アルスムを治めているブリットン伯爵や父上、それに王国所有の船で最大なのは３本マストのアクレス級帆船で全長が60ｍほどの船だ。

そして神聖バンダム王国と交易をしている諸国でもこの程度の船が多いらしい。

だから最低でもこの大きさの船が寄港《きこう》できる港にしなければならないが、それでは面白くないので１００ｍ級の船でも寄港できるようにと港を築く。

ブリュト島のエントランサーの港も拡張しておこう。

そんなことを考えていると船も造ろうと思ってしまう。考えてみたら本拠地《ほんきょち》が島なのに一隻も船を所有していないのはヨロシクない。

港の次は船、船の次が城、の順に優先度を設定しよう。おっと、いろいろ考えていたら港が完成した。

あとは防波堤《ぼうはてい》とその先に灯台《とうだい》をと……魔力をバンバン使っているけどまったく魔力が欠乏する

ことはない。やっぱ魔技神のステータスは非常識だと自分で思ってしまう。

多くの魔法使いが数年単位で仕上げる仕事を1時間程度で終わらせてしまった。

あとはガウバーやウードに任せ、俺はここまで。次は船を造ろう！


港のことをガウバーに任せたら彼も船が欲しいと言ってきたので、まずは輸送船《ゆそうせん》を建造した。

全長は62ｍで巡航《じゅんこう》速度は時速25ノット、最大船速《さいだいせんそく》は50ノットで武装《ぶそう》はないが、防御結界は標準装備だ。俺はこれをゲート級と名付ける。

船速を見て分かるだろうが、この船は俺の能力で創ったのだから帆船なんてケチなことはしない。魔結晶をエネルギー源とする魔導機関を搭載し、船底《せんてい》付近のタービンに水を吸い込み後方に吐き出すことで推進力《すいしんりょく》を得る高速輸送船だ。

最初、帆がない船に部下たちだけではなくカルラたちも「？？？」が頭上に付いていたが、俺が船の構造について説明すると辛《かろ》うじて理解したようだ。

しかし元鍛冶師で今はブリュトイース家の工務部とブリュト商会の生産部門を統括しているグジャン・ガジャンが設計図を見ながら延々と質問してくるのには参った。

そういえばゴーレム馬車の構造も根掘《ねほ》り葉掘《はほ》り聞かれた記憶があるわ。

今後は最初に設計図を彼に渡して考えさせて質問があれば書面にさせよう。

面倒だからじゃないからな！　グジャン・ガジャンに考える力を付けさせるためだからな！

取り敢えず5隻《せき》のゲート級輸送船を建造した。

そうしたらフェデラーから戦艦《せんかん》建造の要望が出てきた。

「海軍を編成します！」

フェデラーはやる気だ。そして海軍編成の予算案をすぐに提出してきた。

かつてフェデラーは、水軍《すいぐん》で有名なブリュトゼルス辺境伯家で騎士団の副団長をしていたので水軍（海軍）の編成もお手の物なんだろう。

ガウバーの指摘したところを調整し予算は承認した。

資金が余っているどころか、保管しきれないほどになってきているのでちょうどいいとガウバーは呟いていたのを俺はしっかり聞いたからな。


フェデラーの要望で建造する戦艦は超級のホエール級戦艦を1隻、大型のシャーク級を10隻、更に中型のドルフィン級を20隻とした。

ホエール級は全長が93ｍ、全幅26ｍ、最大船速は55ノット、巡航時《じ》の船速は32ノット、魔導砲3門《もん》、連射型小型魔導砲《れんしゃがたこがたまどう》40門、２００㎜砲３門、魚雷発射管《ぎょらいはっしゃかん》6基《き》2門（12基）を搭載した戦艦だ。

魔導砲は射程《しゃてい》５㎞で王級魔法程度の各種属性弾を発射できるし、連射型小型魔導砲は射程８００ｍ以下で威力も特級程度だが毎分40発もの連射が可能だし、２００㎜砲は射程12㎞で金属の砲弾を射出《しゃしゅつ》する。そして魚雷は射程１㎞程度で特級魔法程度の威力となる。

これが神聖バンダム王国最強・最大の戦艦となるので超級艦《ちょうきゅうかん》としている。

そしてシャーク級とドルフィン級はホエール級の規模を小さくしたと思ってもらえばいい。

ただ、シャーク級は武装数は少ないがホエール級と同じ武装を搭載しているので破壊力は折り紙付きだし、ドルフィン級は機動力《きどうりょく》を生かした戦術《せんじゅつ》が可能となる。

いざという時の抑止力《よくしりょく》にもなるし、海にも魔物は存在するのだから戦力はあった方がいいだろう。

◆◇◆◇◆◇◆◇◆◇◆◇◆

「お久しぶりです」

「うむ、クリストフ殿の噂はこの老体の元にも聞こえてくるぞ。かなり活躍しているようだな」

「大したことはしていませんよ、お爺様」

俺は今、お爺様の屋敷に来ている。お爺様といってもゴーレスのお爺様ではない。

「そのように謙遜《けんそん》するものではないぞ。クリストフ殿のやったことは正に英雄といえる行いだ」

「……英雄と呼ばれるのは好きではありません」

「そうか、では今後はそう呼ぶのは止めよう」

「ありがとう御座います」

お爺様の名はゼットン・フォン・クジョウ。

母上の父で東部一の家柄を誇るクジョウ侯爵家の当主、そして東部総督でもある。

「して、今日ここに来た用向きは世間話ではあるまい？　ワシは孫と話せて嬉しいがな」

「申し訳ありません。今日は東部に建設中の港についてお話がありまして寄らせていただきました」

「うむ、候補地が決定したと陛下よりお聞きしておる。いつから工事を始めるのだ？」

「来月には開港できます」

「は？　……済まぬが年のせいか最近は耳が遠くなってな、もう一度聞かせてくれるか？」

「はい。らいげつ、かいこう、できます」

お年寄りには聞きやすいようにゆっくり大きな声で、というのが常識だったな、忘れていたよ。

ん？　先程まで普通に会話していたような？

「……来月開港だと、聞こえたが……？」

「はい、そう申しました」

「……クリストフ殿、英雄と言われるのが嫌なのであろう？　だったら少しは自重せぬとな」

「……はい、そうですね……」

お爺様の言う通りだね。アガカト大森林で自重という言葉を置いてきた気がするな。改めよう
……もう遅いかな……。

「まぁよいわ。して、その港についてだが……港は開港したとして森はどうするのだ？　今のままでは陸の孤島だと思うが？」

「森の方もお爺様の了承を得ることができれば、明日にも新港《しんこう》までの道を開通させることができるように準備しています」

「……分かった。開通の許可を出そう。それと明日にでも陛下に謁見《えっけん》を申し入れよう」

「ありがとう御座います。それと……」

「ん？　ほかにもなにかあるのかね？」

「はい、お爺様の領地と新港を繋ぐ道に魔導機関車を走らせたいのです。お許しいただければ嬉しいのですが」

「魔導機関車？　それはなにかね？」

「駅馬車を大規模、高速化したものだと思ってください」

「駅馬車を……駅馬車ではダメなのかね？」

「速度が圧倒的に違いますから」

「ほう、そんなに速いのかね？　ブリュト商会で販売しているゴーレム馬車以上の速度なのかな？」

「比較にならないほどに」

廉価版《れんかばん》のゴーレム馬車は道さえあれば時速にして30㎞程度の速度を出せるが、空中に浮遊させる機構《きこう》は装備させていないので道の状態によって速度を落とさなければならない。

ただ、サスペンションやクッションは可能な限り上等なものにしておいたので、乗り心地はよいものになっている。

それに対し魔導機関車は線路が必要となるが、出そうと思えばマッハの速度を出せる。

お爺様にはぼやかしてゴーレム馬車の数倍の速度が出ると説明する。

「ブリュト島ではすでに魔導機関車を導入していますので一度乗ってみてください」

「ふむ、それもよいな。……よし、今すぐ行こう！」

「はい？」

「善は急げというではないか、行くぞクリストフ殿！」

そんなわけでお爺様に無理やり連れ出されエントランサーに赴く。


「ほう、これが魔導機関車なる馬車か？」

「はい、馬はおりませんが、人や物を大量に搭載し高速で移動できます。ただ、この線路上しか移動できないために線路を造る必要があります」

「なるほどの。しかし漆黒のボディがこの枯れた老体の胸を躍らせるのぉ」

魔導機関車のモデルは地球での蒸気機関車（ＳＬ）なので、先頭の機関車の部分は真っ黒で煙突《えんとつ》もちゃんとある。

煙突があってもそこから出ているのは煙ではない。見た目がＳＬなので煙突から煙が出ているように見えるが、それは魔力残渣《ざんさ》なのでキラキラと綺麗な煙のように見えて情緒《じょうちょ》を醸し出しているのだ。

そして線路も地球のそれとは違う。鉄製のレールがないのだ。つまり片側1車線の高速道路的な感じで、中央分離帯《ちゅうおうぶんりたい》により上り線と下り線を分けているだけの高架橋《こうかきょう》なのだ。

レールがないのは魔導機関車がリニアモーターカーのように空中に浮いているからだ。勿論、超電導《ちょうでんどう》ではなく魔法による浮遊機構となっている。

「おおおおおっ！　なんだこの速度はっ⁉　うひょ～！」

ちょうどよい時間に出発する魔導機関車があったので、駅員に無理を言って一両を貸し切った。だから50人ほどの警護の騎士が居てもなんとか乗り込むことができた。

そして走り出して1分ほどで現在許可されているトップスピードまで加速した魔導機関車は時速１００㎞を叩き出している。

イーソラとエントランサー間を僅か1時間ほどで繋いでしまうのだから乗車率はいつも１００％以上で立っている者も多い。

急な割り込みで調整が大変だったろうが、なんとかしてくれた駅員たちに感謝だ。

「まったく振動を感じぬっ！　それでいてこれほどの速度！　クリストフ殿！　我が領都であるイクサリオンと新しい港をこの魔導機関車で繋ぐのだ！」

「え、あ、はい……ありがとう御座います」

お爺様の食いつきはものすごかった。目が怖い。

翌日、早速新港の開港時期の報告を行い、更にイクサリオンと繋ぐ高速鉄道網の建設も開始することを報告した。

その席には俺、クジョウ侯爵（お爺様）、ブリュトゼルス辺境伯（父上）、そして陛下がおり、陛下はお爺様の話に食いつき、イクサリオンから王都までの線路を繋げることを即決《そっけつ》した。

宰相《さいしょう》や大臣とかに諮らなくてよいのかと思うが、陛下が決定したことを実務レベルで落とし込むのが宰相たちの仕事だから問題ないと言う。

そしてお爺様と陛下が線路をと言えば、父上もという話になる。

この人たち線路のことでメッチャ盛り上がっているけど、線路を通す土地の地権者たちへの説明はあんたたちがしろよ、と言いたい。

新港とイクサリオンまでの地権者は俺とお爺様なので問題ないが、イクサリオンから王都までには数人の貴族の領地を通さなければならないし、ブリュンヒルだって同様だ。俺は知らんからな！


謁見の翌日から新港とイクサリオンを繋ぐ線路の建設を行う。

すでに新港の方はガウバーやウードに渡しているので俺は線路のことを第一に考えればよい。

森もゴーレムによって完全開通させているので街道の整備をしつつ線路の高架橋を延々と築く。

開拓した森はブリュトイース領となるので、ブリュトイース領に隣接するクジョウ侯爵家の領地で一番近い都市であるアガナトへ線路を築きながら進む。

人口30万人を超える大都市のアガナトはすでに街として成熟しており、街中に線路を通すスペースはない。

だから、防壁の外側に駅を築く。そして駅を整備するとそのまま領都のイクサリオン方面へ線路を築きながら進む。

普通なら数年かかる大事業だが、俺にとっては数時間の作業だ。夜を狙って暗闇の中で作業をしたこともあり人に見られることはほとんどなかったが、夜が明ければかなりの騒ぎになりそうだと思う。

そこら辺はお爺様に任せておこう。


翌日にはイクサリオンまで線路を築いた俺はお爺様に自重する気はないようだな、と言われハッと息を飲んだ。忘れていたよ……。

ここまでしたら王都まで線路を繋げるのも、ブリュンヒルから王都を繋げるのもサッサと終わらせゆっくりと休息をとろうと思う。

絶対長期休暇を獲得してやるぞ！　そしてまったりとした時間を楽しむのだ！

と思っていたのだが、王都まで線路を延ばすことはできなかった。地権者との調整がまだできていないのだ。

取り敢えずイクサリオンまでは繋がっているので魔導機関車を運行させようと思う。

イクサリオン・ソリタ間の線路を開通させ、魔導機関車を運用してから1ヵ月ほどが経った。

ソリタは本土側に築いた新しい港の名前で駅は港の真ん前まで繋がっている。

魔導機関車を運用するのと同時にソリタからエントランサーへの直通便も就航し、毎日３００人規模の入植が行われている……。

たった1ヵ月で10万人以上もの人口増大を経験したガウバーたち文官は徹夜を何度も経験し、俺が創った体力を回復させるポーション、名付けてハイテンションを毎日数本空にしている。

それでも入植希望者はあとを絶たずソリタの港には常に数万人規模が留まっている。

これほどの入植希望者がいるわけがないと思うだろ？　だけど事実なんだ。

入植希望者の多くが旧アグラの街の住人で、氾濫時に逃げ出せた19万人すべてではないが、多くの人が俺の領地へ移住を希望しているのだ。

最初は行き場を失った住人たちの受け入れが難航していたこともあり、国策《こくさく》としてブリュト島への入植を進めていたのだが最近は様相が変わった。

当初は4万人ほどの希望者しかいなかったようだが、俺がアグラを解放しアガカト大森林を鎮静化させたことで俺を英雄視する人が多くおり、今では国の斡旋《あっせん》がなくても入植を希望する人があとを絶たない状況になっている。

そして旧アグラの住人たちだけではなく、ほかの地域からも入植を希望する人もいるので最終的には30万人を超えるだろうと予想される。

30万人といえば伯爵領の基準的な人口なのでガウバーは今年中には30万人まで人口を増やすと息巻いていた。

しかし人口増加にともなって人材不足がまた問題視されているので、俺は王都でいろいろな方面の人のヘッドハンティングに明け暮れる毎日を過ごしているわけだ。

「いや〜先生が来てくださるとは思ってもいませんでしたよ！」

「俺もまさかクリストフ、じゃないな、ブリュトイース伯爵に仕えるとは思ってもいなかったぞ」

「ブルーム先生、これからも宜しくお願いします」

「こちらこそ」

俺の恩師であるブルーム・ケツレヘム先生をゲットしました。

ブルーム先生は元宮廷魔術師で数年にわたり王立魔法学校の教師をしていたのだが、今回ブリュトイース家に仕官をしてくれたのだ。

卒業前から声を掛けていたのだが、宮仕えは性に合わないと断り続けていたブルーム先生が心変わりしたのは魔導機関車の開通式に来ていただいた時だったと思う。

これぞ男のロマンだ！　とか言い出して「俺に魔導機関車に関わる仕事をさせてほしい」と向こうから頼み込んできた。

だから魔導機関車の運転手兼重役として雇用することになった。どうしても運転手は譲れんと言うもんだから、仕方がないので運転手兼任のナンバー2の座に収まってもらった。

まぁ、魔導機関車は基本的には手動運転はしないので、常識があって仕事に対して誠意を持っている人なら誰でもOKなんだ。

魔導機関車の制御はすべて内蔵されているゴーレムが行っているので運転手はゴーレムへの命令を行うだけなんだよ。簡単に言えば自動制御なので発進などの命令を行うだけで、あとはゴーレムが自動で速度調整《そくどちょうせい》や姿勢制御《しせいせいぎょ》などすべてを行ってくれるのだ。

ブルーム先生のヘッドハンティングに成功した数日後、俺は王城に登城した。

ドロシーに会いにきたわけではない。いや、会うけどさ、数日前にこの登城は決定していたのだ。

登城の理由はというと、線路拡張計画（俺はどっちでもいいけど、陛下や父上たちが五月蝿いので仕方なく計画した）のことで呼び出されたのだ。

なんでも国と地権者とが魔導機関車の運用や利益の配分についていろいろともめているので、一堂に会し問題点の洗い出しをしたいらしい。

魔導機関車の利益の配分とか好き勝手に言っているけど、地権者には年間いくらかの土地使用料を支払うだけに決まっているだろ。

利益の配分が欲しければ自分たちで汗水流して働けと思う。

今回の話を陛下から聞かされた宰相は最初激怒したらしい。

そんな大事な話を相談もなく勝手に決めるな、と言うのだ。宰相は正しいと思う。あの国王様は意外と抜けているところがあるように思う。

だからではないだろうが、国側からは宰相をはじめ4人が出席している。

この線路の開通によって増税効果《ぞうぜいこうか》があるだろうし、場合によっては財政出動《ざいせいしゅつどう》となるので会議のメンバーに財務卿も入っている。

また、一応は顔見知りのゴツイおっさんのトムロスキー軍務卿は線路警備の観点から出席だ。

最後は国内の土地や貴族の領地に関する責任者である内務卿。

この4人が国側の主要メンバーとなる。


東部からはクジョウ侯爵のほかに伯爵1人、子爵1人、男爵3人、騎士爵2人が出席している。

そこで目を見張るのは騎士爵の1人。クララ、プリッツの親父さんのヘカート騎士爵の出席だ。

まぁ、敢えてヘカート騎士爵の領地に線路が通るように計画をしたのは俺だけどね。

更に東部から王都へは中央部を通るので中央部の貴族である男爵1人も出席している。

そして南部からは父上のほかに子爵1人、男爵4人で中央部は子爵が1人となっている。

中央部の多くは王家の直轄地、所謂天領《てんりょう》なので子爵1人と男爵1人の出席だ。

これだけの出席者がいると逆にまとまる話もまとまらない気がするのは俺だけではないと思う。

そして要注意なのが東部の伯爵1人と中央部の子爵1人、そして財務卿だ。この3人は貴族派なので抵抗勢力と考えてよいだろう。

特に財務卿は国の重鎮《じゅうちん》であるのと同時に貴族派の重鎮でもある。ブレナン家が影響力を落としたことで貴族派の中でも勢力を伸ばしていると父上やお爺様から事前に聞かされた。

「では線路拡張計画に関する会議を開始する」

宰相が音頭《おんど》をとる。

最初は線路拡張計画で予想される経済効果の説明だ。これは財務卿が行う。

「ブリュトイース伯爵によって線路は築かれますので初期投資がほとんど不要であり、更に物資の流通が加速的に増えることが予測できます。お手元の資料を……」

意外としっかり作り込まれた資料だ。貴族派で抵抗勢力だからと色眼鏡で見ていたので普通に驚いてしまった。今のところ抵抗どころか後押しをする感じだ。

次の軍務卿は警備に関する報告を主に行う。

国軍を要所に配置し線路全体をカバーする警備および哨戒網《しょうかいもう》を築くというものだ。

その必要人員や費用の概算などが報告された。

進行役の宰相と内務卿は特に報告事項はなかった。

しかし財務卿と軍務卿の報告が終わると、出席した貴族たちがそれぞれの意見を言い出ししばらく無秩序《むちつじょ》な状態が続く。

東部貴族や南部貴族のほとんどはすでにお爺様や父上との話し合いが持たれており、事前にある程度の調整はできているので無秩序状態は父上たちの演出らしい。俺にはよく分からん世界だ。

東部の貴族派の伯爵は土地を使用するにあたって年間10億Sを要求しているし、中央の貴族派の子爵も年間10億Sを要求してきた。

この2人の領地を通さない案も考えたが遠回りになるし、明らかに避けているような歪な経路となるので敢えて通す案を作成した。

しかし10億Sとは吹っ掛けたな。彼らに10億Sを払えばほかの地権者たちにもそれに準ずる使用料を支払うことになる。そうなると魔導機関車の運用による利益が激減し俺的に面白くない。

「それほどの使用料を払うのは難しいと分かると思うが？」

「宰相殿、財務卿の報告書では膨大な利益が見込まれております。それを考えれば決して多い金額ではないと思いますが？」

伯爵はなおも食い下がろうとする。

「ブリュトイース殿はどう思われるか？」

宰相が俺に水を向けてきた。俺に振るなよ。

「このまま平行線の話し合いをしても無駄でしょう。ならば取るべき案は2つでしょう」

「2つ？　それは？」

「1つ目はお2人の領地を迂回させることですかね」

「なっ！　我らをのけ者にする気か！」

「では2つ目の案がよいでしょう」

「それは？」

「線路拡張計画を白紙に戻せばよいのです」

『それはっ！』

数人が立ち上がった。立ち上がったのは3人。言わなくても分かるだろうが、貴族派の財務卿と伯爵と子爵だ。

「陛下の御声掛かりの事業を白紙に戻すわけにはいかないだろ！」

「されど10億Sどころか1億Sでも利益を圧迫しますので、私がこの事業を続ける意味はありません」

「ブリュトイース伯爵は自分の利益を追求するのに忙しく、公共の利益を無視されるのか⁉」

「そうだ！　その通りだ！」

「ならばまずはお2人がご自分の利益の追求をお止めになるべきでしょう」

『っ！』

とりあえず2人は抑えることができそうだ。語るに落ちるとはこのことだな。

残るは財務卿がどう出るかだが、結局のところ財務卿はなにも言わなかった。

あとは宰相の方でうまくまとめてくれるだろう。


「やぁ、ドロシー。君はいつ見ても美しいね」

「もうクリストフったら」

そこ、バカップルって言うな！

俺は不毛な政治の場で疲れた心を癒すためにドロシーとお茶をする。

うん、今日も美味しいお茶だ。

そして今日のお菓子はフルーツタルトだ。ドロシーが作ったものだ。

生地がサクサクで甘さも控えめで、今が旬の果物のほどよい酸味がアクセントとなってとても美味しい。俺の好みを覚えてくれたようで嬉しいけど、ドロシーはこの味で満足なのかな？

確かに俺はこの味が美味しいと思うけど、女の子のドロシーにはもっと甘味が強い方がよいのではないだろうか？

俺だけが美味しくてもドロシーが美味しいと思わないのなら、俺のために無理をしているのなら、彼女を……もっと好きになっちゃうかも！

「ドロシー、とても美味しいよ。でも君はこの味で美味しいと思うのかい？」

「ええ、とても美味しいと思いますわ。自分のお菓子作りの才能が怖いですわ」

九章　自重って美味しいの？

王都のブリュト商会の店を移転させた。

これまでの店舗では手狭《てぜま》になっており、俺が叙爵されたのを機に移転を計画していたのだ。

俺が建てれば1時間もかからないが、それでは金が回らないと却下され、職人によって店が建てられるまで待たなければならなかった。

地下2階、地上4階建てで地上1階から地上4階までを店舗、地下2階は倉庫、地下1階は事務所などのスペースだ。

店舗部分は各階をエスカレーターで繋ぎ、動く階段として有名となり商品を買わなくてもエスカレーターに乗りにくる人もいるほどだ。

ほかに運搬用のエレベーターもあるが、これは関係者以外立ち入り禁止で利用できない。だから開店当初の店員たちはエスカレーターに乗る客よりも優越感に浸っていたそうだ。

この店を王都本店とし、イーソラ、エントランサー、ソリタ、ブリュンヒル、イクサリオンに支店を置いた。

ただ、イーソラだけは俺の本拠地ということもあり、王都本店以上の規模の店を建てた。こっちは俺が建てたこともあり地下3階、地上10階の巨大なビルになっているし、イーソラ限定商品も数多く取り揃える。

王都本店の1階は休憩ができるようにカフェや飲食店を入れており、オリジナルブレンドの紅茶と各種スイーツをメインに提供し、女性だけではなく男性にも人気となっている。

2階は食料や雑貨を揃え客の多くが主婦層だ。ただ、日本でもお馴染みの海産物や肉類などの缶詰類を陳列していることから冒険者も意外と多いそうだ。

缶詰はプルトップで簡単に開けることができるので野営《やえい》にとても重宝されているらしい。

3階は武器・防具をはじめ、アクセサリーなどのマジックアイテムを揃えているし、王都本店のみ俺の護衛騎士たちが身に着けていたミスリル合金製の鎧を目玉商品として展示している。

ミスリル合金製の鎧は販売価格6千万Sなので誰も買っていかないと思っていた。所謂客寄《きゃくよ》せパンダ的な位置づけなのだ。

そう思って購入者など現れないと思っていたのだが、北部のセジミール辺境伯が購入していったよ……まいどあり！

ブリュト商会は冒険者向けや一般家庭向けの商品が多いので、大貴族や大商人が足を運ぶことはほとんどないのだ。

だからセジミール辺境伯が現れ購入していったのは意外だった。

九章　自重って美味しいの？

それとエントランサーで海産物を加工する工房を立ち上げたので、この工房の責任者に魚人族のマーメルを充てている。

ブリュト商会の初期奴隷メンバーの彼女は魚人族だけあって魚介類について詳しく、俺が造り出した醤油、味噌、みりんなどの調味料を使って加工品を嬉しそうに造っていた。

勿論、ここで海産物の缶詰も生産されている。添加物なんてないぞ、時空魔法で時間経過を止めているのだからね。

ブリュト島の開発は順調に進んでいる。この8月の真っ青に晴れ渡る空のように見通しはよい。

入植希望者にはイクサリオンから魔導機関車に乗ってソリタまで移動をしてもらっている。本土のソリタとブリュト島へ入植する人を分け、毎日3000人以上を船で輸送している。

俺は王都とイーソラを行ったり来たりして忙しくしている。

魔導機関車がイクサリオンまで開通しているとはいえ、本来は何日もかけて行き来する王都に、俺は空間転移によって瞬時に移動する。

さて……。

「お待たせして、申し訳ありません」

「……」

「……どうかされましたか？」

俺は年の頃は30過ぎの女性の顔を見てこの状況の把握に努める。

しかし彼女は俺の視線に首を横に振り答えるのだ。

仕方がない、もっとあとに出すつもりだったがあれを出すか。

「……これを受け取ってください」

不機嫌な視線が俺の出した物に惹き付けられ、その視線が和んで行くのが分かる。

再び30過ぎの女性の顔を見ると頷いてくれた。

「最近は忙しく、ドロシー様にお目通りを申し入れる時間もありませんでしたので、お詫びの印です」

そう、忙しくてドロシーに会いにくる時間がなかなか取れなかったのだ。だから拗《す》ねてしまったドロシーにプレゼントを持ってきた。

「これを私にくださるのですか？」

「どんな宝石もドロシー様の美しさには敵いません。ですがこのネックレスがドロシー様の美しさをより引き出すものと思っております」

ドロシーの斜め後ろに控えている30過ぎの専属侍女はウンウンと頷いています。

ドロシーも機嫌を直してくださり、俺が差し上げたネックレスを手に取り嬉しそうに眺めてる。

侍女さんの事前情報のおかげでドロシーの機嫌を直すことができたようだ。感謝だ。

俺はそのネックレスを手に取りドロシーの後方に回り込みつけてあげました。

その時にドロシーが後ろ髪を上げられたのですけど、とても綺麗で色っぽいうなじが見られ、このネックレスを作るのに徹夜した苦労が報われた気がしますよ。

「よくお似合いで」

「ありがとう御座います。最近は全然会いにきてくださらないので忘れられたかと思いましたわ」

先程までは目も合わせてもらえなかったけど、今は嬉しそうに俺を見つめてくれる。

こうして見るとドロシーの少女から女性へ変わる直前の少し幼い笑顔がとても愛くるしい。

「申し訳ありません……」

「構いませんわ。ブリュトイース伯が遊んでいるわけにもいきませんものね」

彼女は俺が『ドロシー』と呼び捨てにしないものだから俺のことを『ブリュトイース伯』と呼ぶんだよ。王女を人前で呼び捨てになんかしたら面倒臭いことになるから仕方がないのに可愛い意趣返《いしゅがえ》しをするもんだ。拗ねたドロシーも可愛いね。

ドロシーは白魚《しらうお》のような細く白い指でティーカップを持ち上げ口にお茶を含みます。

その仕草がとても可愛い。

今回プレゼントしたネックレスは強化した障壁と毒耐性と回復力向上を付与してあるので侍女さんにこっそり説明書を渡しておいた。

ドロシーと会うとすぐに時間が経ってしまう。そろそろ帰らなければ。

「来週にはドロシー様をイーソラにお迎えできますので……」

「本当ですかっ⁉」

「姫様、はしたないですよ」

椅子を倒さんばかりに勢いよく立ち上がったドロシーは侍女さんに窘《たしな》められています。

侍女さんに見えないように舌をペロっと出した仕草も可愛いですね。

「はい、陛下にご許可をいただきました。ですから来週になったら迎えにあがりますね」

「はい、私も楽しみにしています！」

俺が叙爵してすぐの頃にもドロシーをイーソラに迎えたことがある。

その時はカルラたちとパーティーを組みダンジョンに入っていたが、今回は普通に観光をしてもらおうと考えている。

◆◇◆◇◆◇◆◇◆◇◆◇◆

王立騎士学校を訪問した。来年卒業予定の3回生をスカウトにやってきたのだ。

領内の開発が順調で、人口も順調に増えているので人員不足が深刻だとガウバーやフェデラーたちが毎日頭を悩ませている。

職員について面接会場へ向かっている時に訓練所の傍を通り面白い生徒を見つけたので面接に加えるように職員に頼んだ。

彼はゲールも目を付けていたが、王国騎士団への入団を希望していたそうで今回の面接から除外されていたのだ。

予定されていた面接は順調に終了したので、訓練所で見つけたドラガンという生徒と面接する。

彼はヒューマンとしても小柄で、剣についても力より技や速度を優先するタイプだ。

最初は乗り気でなかった彼と世間話をしながらタイミングを計る。

そして彼がマジックアイテムに興味があると言うので、ブリュト商会のマジックアイテムを優先的に購入できる権利を与えることで一本釣りした。

面接後、王城にドロシーを迎えにきたついでにちょっと用事を済まそうと陛下の執務室を訪れる。

訪問の理由はイーソラの魔技神殿に安置する石板の件だ。

王都の大神殿にあるステータスプレートを作る石板と同じ物を魔技神殿にも安置することを了承してもらったのだ。

その際、陛下へのお礼にドロシーにプレゼントしたネックレスと同じ効果がある指輪を進呈《しんてい》した。

そうしたら陛下から同じ物をもっと売ってほしいと要請《ようせい》されたので見積もりを出すことになった。

後日の話だが宰相に見積もりを提出したら即購入が決まり、また儲けてしまった。


陛下の執務室を辞してドロシーを迎えにいく。

「お待たせしました」

「準備はできておりますわ、早速向かいましょう！」

「姫様、はしたない……」

ドロシーはブリュト島へ行くのが楽しくて仕方がない様子だ。

前回ブリュト島にドロシーが来た時もそうだったが、今回もドロシーの侍女たちが3人ほど付いてくる。そして近衛騎士もいるのだが、彼らは王都の俺の屋敷まで付いてくるだけだ。

王都の屋敷からは転移ゲートを使ってブリュト島に移動するので、ブリュト島では俺の部下がドロシーの護衛を行うことになっている。

これは陛下に了承を得ているので問題ない。

◆◇◆◇◆◇◆◇◆◇◆

イーソラの人口が20万人、エントランサーの人口が10万人、ソリタの人口が8万人を超えた。

さすがにここまでくると入植希望者も下火になるかと思ったが、領内すべてが好景気でもあり入植希望者や入植待ちをしている人はまだ多いそうだ。

だからイーソラの衛星都市の整備を一気に進めようとガウバーたちが気を吐いた。

イーソラを中心として魔導機関車で1時間圏内に村をと思っていたのだが、人口増大で気をよくしたガウバーたち文官が人口5万人規模の町を3ヵ所に築こうと計画を上方修正したのだ。

「東の町は穀物栽培にもってこいの土地です。広大な穀倉地帯を作り上げようと思います」

「北東は希少鉱石の鉱床《こうしょう》が発見されていますので、鉱山を中心とした物作りの町に」

「北は丘陵地帯ですし、畜産業《ちくさんぎょう》を奨励《しょうれい》したいと思っております」

「東の穀倉地帯はウード、北東の鉱山都市はガジャン、北の丘陵地にはフットが責任者として町づくりを行う予定です」

ウードは元々土木系に強いので問題ない。ガジャンもドワーフで元々は鍛冶師なので鉱山の開発を任せるのにもってこい。フットは最近登用した人材だが俺の倍はあろうかという巨体の牛の獣人で、力が非常に強く気が優しい男だし畜産は彼の得意分野らしいので問題はないだろう。

「分かった、それでよい。細かいことはガウバーに任せる」

「はい、有難う御座います」

行政府から屋敷に戻る。

「ふ〜疲れたよ」

「ご苦労様です。お茶を淹れましょうか」

「有難う。しかし屋敷に戻ってドロシーに迎えてもらえると疲れも吹っ飛ぶよ」

「まぁ、お上手なことで」

そこにルーナがお茶を淹れてスーッと俺の前のテーブルの上にカップを置く。音がしないその所作はさすがだ。

「ルーナ、ありがとう」

ルーナは「とんでもない」と言って会釈をし後ろに下がる。動きに無駄がないように見えるのは俺の気のせいではないだろう。彼女も今ではブリュトイース家の侍女たちを束ねる侍女長なので、気構えができたというところかな。

「カルラたちとの訓練はどうだい？　アイツ手加減できないから大変だろ？」

「そんなことありませんわ。カルラさんはじめ皆さん私に合わせてくださり、有意義な時間を過ごしていますわよ」

カルラたち4人はこのブリュトイース家の中でも特出した戦闘力を持っている。実力は俺、フィーリアに次ぐ3番手から6番手となり、ドロシーはランク外だ。

6番手のクララは自分が5番手のプリッツの下にいることが納得できないようで、相変わらずだ。口では間違いなくプリッツの上だけどね。

パワータイプでゴリ押しが得意なカルラ、技巧派《ぎこうは》で魔法の制御に長けたペロン、闇属性では右に出る者がいないプリッツ、器用になんでもこなすが突出したものがない器用貧乏《きようびんぼう》のクララ。

「明日は久しぶりにダンジョンに入る予定ですのよ」

「ならフィーリアを連れて行くといいよ。あの子も少しは暴れないと体が鈍《なま》っちゃうからね」

そう言うと俺はフィーリアに頼んだよと視線を投げ、彼女も軽くコクリと頷く。


翌日、ドロシーたちはダンジョンに、俺は王都に向かう。

ダンジョンに入っていく6人の装備は新品で日の光を受けキラキラと輝いているように見えた。

カルラ、ペロン、クララ、プリッツの4人にはミスリルとオリハルコンの魔力との相性がいい金属の合金を細い糸にして編まれたローブを支給している。

ミスリルの特性である魔力伝導率とオリハルコン特有の強度を持った特殊合金の糸で編まれた布で作られたローブはこの世にたった4つしかない物だ。

魔法にも物理にも強い耐性を持つローブなら4人をしっかりと守ってくれるだろう。

ドロシーは下着からローブに至るまですべて俺の加護を付与した物を身に着けている。4人以上の防御力があるのは間違いないが、決して4人の装備を手抜きしたわけではない。

そしてフィーリアはどうしてもメイド服がいいらしく、ランクSの魔物の素材を基本にアダマンタイトとオリハルコンで補強をした特殊メイド戦闘服を与えている。

この6人に出くわす魔物に手を合わせる俺だった。


俺は彼女たちを見送り王都に向かう。

王都の総合ステーション予定地を陛下が視察するというので、俺も同行することになっているのだ。

王城に到着するとすでに出発の準備が整っており、陛下と王太子待ちの状態だった。

そして目の前にはブリュト商会が販売しているゴーレム馬車がズラっズラっと並んでいる。

中でも目立ったのは一際豪華な造りのゴーレム馬車で、陛下専用車だ。販売価格はなんと10億Sの超高級ゴーレム馬車で、俺のよりもハイスペックになっているのでこの値段になっている。

次に豪華なのは王太子の馬車だ。王太子のゴーレム馬車は国王専用車より僅かに豪華さを落としているが、それでも俺なら絶対に乗らない豪華さで8億Sもする。

更にその次が父上とお爺様のゴーレム馬車だ。辺境伯と侯爵は家柄としては同格なので同じような豪華さになっている。こちらも俺なら乗らない豪華さがあり、お値段も6億Sと高い。


「父上、お爺様、ご無沙汰《ぶさた》しております」

「クリストフか、お前も忙しそうだな。体調の管理はしっかりと行うのだぞ」

「うむ、クリストフ殿は体が弱いのだ、アーネスト殿の言う通りであるぞ」

「はい、十分気を付けます」

父上たちに挨拶をし顔見知りの貴族にも挨拶をすると、タイミングよく陛下と王太子が現れる。

近衛騎士と貴族家の騎士合わせて1000人以上動員した大掛かりな視察が始まった。

陛下や王太子もいるのでこれでも少ないが、ゴーレム馬車によって守りが向上したのが護衛の削減になっているそうだ。

王城の巨大な正門を出るとメインストリートを通りゆっくり進む俺たち。

近衛騎士を率いるのは今年大隊長に昇進しているジムニス兄上だ。

先頭に近衛騎士の小隊が進み、そのあとを貴族の馬車が続く。

ゴーレム馬車のおかげで護衛の削減ができるのだが、低い爵位の騎士爵ではゴーレム馬車を購入できないようで普通の馬車もある。

因みに騎士爵家には騎士は仕えていない。当主が騎士なので同じ階級となる騎士はいないため男爵にならないと騎士を部下に持つことができない。

無事に市街地を抜け巨大な城壁を出るとジムニス兄上の指示で近衛騎士が広がっていく。

大隊長へ昇進した時に俺がお祝いとして贈ったバトルホースはほかの騎士たちが乗る普通の馬よりも二回りほど大きく、その背に乗るジムニス兄上はとても目立っている。

総合ステーションの建設予定地は城壁を出てすぐなので先頭の貴族の馬車がそこに到着した。

羊皮紙をいくつも持った大臣や文官たちを引き連れ宰相が陛下に説明をしている。

彼らが持っている羊皮紙には総合ステーションのイラストがいろいろな角度から描かれているので説明しやすいだろう。元は俺が提出した設計図やイメージ図だ。

「ここに駅を建設するのだな？」

「はい、ここが王都と南部、王都と東部を繋ぐ線路の中心となるのです」

陛下の質問に宰相や大臣たちが返答をする。今回の俺は答弁の予定はない。

そう思っていたら陛下御付きの近衛騎士が俺を呼びに来たので陛下の傍に向かう。

「ブリュトイース伯、このイメージ図のような駅をそなたが魔法で造るのだな？」

「はい、細かな装飾などは職人に任せることになりますが、建物自体は私が魔法で築く予定で御座います」

「そなたの魔法を今見せてはくれまいか？」

「陛下、今は警護のこともありますゆえ、魔法は……」

「構わぬ、どうだブリュトイース伯よ」

止める宰相を横目になおも俺に魔法を見せろと言う陛下の目は、まるで玩具を目の前に出された子供のようにキラキラしていた。

チラリと父上を見る。困った顔をしているが仕方がないという感じだ。

お爺様を見る。目頭を押さえている。

「分かりました。危険ですので少し下がっていただいても宜しいでしょうか」

陛下たちが下がる。近衛騎士も危ないので下がらせる。俺の目の前には空き地が広がる。

「ホイっと」

グゴゴゴゴと地面が盛り上がる。土の大地に巨大な総石造りの総合ステーションが築かれていく。

1分後、ほぼ完成した総合ステーション。内装や細かい装飾は面倒なのでしない。必要なら陛下や宰相が職人を手配するだろう。

「完了しました」

振り向いて申告するが、そこにいた貴族や騎士たちだけではなく、言い出した陛下も大きな口を開け放心している。

唯一平常心を保っていたのは父上とお爺様、そしてジムニス兄上の3人だけだ。勿論、俺の護衛騎士たちは除外ね。てか、全員俺の身内じゃないか。

「なにをしておるか！」

ジムニス兄上が放心している部下たちを叱る声で部下だけではなく、貴族や陛下も我に返る。

「ま、魔力は大丈夫なのか？」

「問題ありません、陛下」

陛下の笑顔が引きつっているぞ。陛下だけじゃないけどね。

「クリストフ、自重は大事だぞ」

父上、自重ってなんですか？　美味しいのですか？

そのあとはもう予定もへったくれもない状態だ。

だって建設予定地の視察だったのに、もう建設はほぼ終了しましたって状態なのだから仕方がない。

宰相とか大臣たちが慌ただしく部下たちに指示を出していた。

恨《うら》めしそうな目で見るなよ。俺は悪くないからな。陛下に頼まれたから仕方なくやったんだ！

なんだかんだあって王城に帰ってきた。これで解散だと思っていたけど陛下に呼び出された。

父上やお爺様、宰相に各大臣が陛下の執務室に集まった。役人やほかの貴族はいない。

「もうなんでもよいから線路を全部敷設してくれ」

「……はい、陛下」

皆が諦め顔だったし、この際面倒は早く終わらせ俺の居城を築こうと思う。

ガウバーたちが早く築城しろと急かすんだよ。

十章　人材登用

旧アグラの街の近くに築いた城を覚えているだろうか。

先日、その城の屋根が崩落したと報告があった。元々すぐに帰る予定だったので崩落したと聞いても「それで？」としか思わない。

あの城に限らず俺の魔力で築いた建物は耐久年数をある程度設定して築いている。だから魔導機関車用の線路などは永久的に運用できるように時間経過による風化防止や補強を行っている。

前置きはこの程度にしておこう。あの城が崩れたことで、そこで生活していたアラハンド伯爵やその部下たちが生き埋めになったという。

残念なことにアラハンド伯爵は生き埋めになったものの生還している。本当に残念だ。

そしてアラハンド伯爵は城の屋根が崩落したのは俺の責任だと言っており、賠償を求めてきた。

でも抗議文には「耐久性に問題がある」としっかり書いているが、国からも退去命令が出ていたのを無視したのはアラハンド伯爵なので、俺はその要求を不当なものとして争うことにした。

面倒臭い。

◆◇◆◇◆◇◆◇◆◇◆◇◆

エグナシオ・フォン・デシリジェム。

身長2mものドワーフの彼はすでに俺の家臣となることが決まっている。

ギフトに『強き賢者』があり、その能力は【身体強化】【思慮《しりょ》深き者】【英雄色を好む】である。

【思慮深き者】の効果は物事を客観的に見ることができ、思考速度を上げるだけではなく多くの知識を蓄積でき且つ活用できるというものだ。

そして面白いのは【英雄色を好む】だ。この能力はそのままの意味で女好きってことだが、妻の数だけ思慮深き者の能力を底上げするってものだし、夜の方も強いらしい……ちょっとうらやましいかも……いや、なんでもありません。

ドラガン・フォン・ガジェス。

彼はマジックアイテムマニアがたたり鍛冶師になろうとしたが父親のガジェス男爵に反対され、ならば最新で最高のマジックアイテムや武具が集まる王国騎士団への入団を考えていたらしい。

そんな彼の琴線《きんせん》にふれたのがブリュト商会の商品を優先的に購入できるという特典だ。

マニアにはブリュト商会の商品の優先購入権は何物にも代えがたい権利で俺の思うつぼだった。

王立騎士学校からはほかに3人を採用することにした。

しかし彼らがブリュトイース家《うち》に来るのは来年の春なのでまだしばらくかかる。

「そういえば、以前セジャーカの街へご旅行された時に盗賊を使って道を封鎖していたベレス男爵のことを覚えておりますか？」

唐突にゲールが口を開く。

「ん～……あぁ、思い出した。今は牢の中のはずだが？」

あのあと1度だけ法務院《ほうむいん》に呼び出され事情聴取をされた記憶があるわ。

「ええ、息子が方々《ほうぼう》に頼み込んで取り潰しだけは避けようとしておりましたが、数日前にベレス男爵の死罪と家名断絶《かめいだんぜつ》の上、闕所《けっしょ》が決定したそうです」

ベレス男爵家は家名と貴族籍を剥奪されたうえで領地や財産を没収される闕所という処罰に処せられることになる。取り潰しの中でも最も重い処罰だ。

だから俺を逆恨みしているというのだ。なんで俺を逆恨みするのか、恨むなら愚かな父親だろうに。

ゲールは息子を見張るというが、そんなのに貴重な人員を割くのも馬鹿らしいので無視させた。

王立魔法学校。言わなくても分かると思うけど俺の母校だ。

「お久し振りです、シーレンス先生」

「ご無沙汰しています、シーレンス先生」

「お会いできて光栄です、ブリュトイース伯爵様、カルラ騎士爵様も久し振りですね」

魔法使いの面接なのでカルラを連れてきている。

相変わらず扇情的な服を着た30手前の教師であるシーレンス先生が俺たちを案内してくれている。そんなにお尻を振らなくてもいいのに。

「以前のように呼んでください」

「そうですか、でしたらそうさせてもらうわ。しかしあの問題児のクリストフ君が今では伯爵様ですか、よもす……出世しましたね」

問題児って俺のこと？　いやだな～、問題なんて起こしたことないですよ、俺は。

それに今、世《よ》も末《すえ》とか言おうとしたよね？

「ところで、例の話の方は如何です？」

「断ったはずですよ？」

「気が向いたら声を掛けてくださいね。ブルーム先生はとても生き生きとしていますよ」

「いずれ考えるかもしれないけど、今は教師を辞めるつもりはないわね」

「そうですか……今度我が家の独身者を集めパーティーをしようと思っているのですが、先生もと思っていましたが残念です」

「ど……くしん……パーティー……クリストフ君！」

はい、釣り針に付けたエサに食いつきました！

来年の春を待って移籍が決定です。勿論、独身者を集めたお見合いパーティーは出席です！

シーレンス先生とは別れ生徒たちと向かい合う。今回面接する生徒は６人。

面接自体はカルラが進めるし、ゲールにも人柄や雰囲気を見てもらう。

家柄や自分以外の人のことを自分がすごい的な感じで話す奴はアウト。家柄をひけらかす奴のほとんどは無能だから家柄にしがみ付くのだ。

俺はといえば面接を受けてくれた生徒の素質と性格を見る。

素質は絶対に高くなければいけないわけではないけど、高いに越したことはない。

「氏名と得意な属性を聞かせてください」

カルラの問いに向かって左の生徒から答えていく。

「私はエンデバーグ伯爵家三男のヘンリ・クド・エンデバーグと申します。ブリュトイース伯爵殿にお会いできて光栄の至り、今後ともよいお付き合いをしたいものです」

「聞かれたこと以外は喋らなくて結構です。属性を」

「なっ、……属性は火が上級になります……」

カルラがウザそうに要らんことは喋るなとやんわり切って捨てました。

俺もこういう奴は好きではないからいいけどね。

元々カルラが目を付けていた生徒は６人で、その内１人は長子《ちょうし》で家督を継ぐことから面接を断って来たので５人と面接する予定だった。

そこにどうしても面接に割り込んで来たのがこのヘンリだ。

シーレンス先生の顔を立てて面接しているけど、俺が嫌いな家柄をひけらかす奴のようだ。

家柄の使いどころを間違えるとタダの無能に見えるから、家柄の使いどころは考えるべきだよね。

「私はヘルメス・クド・クリムゾン。属性は木が特級と風が上級です」

ヘルメスはエルフの美人です。

胸は種族の特徴がしっかりとあり残念な平野状態だが、それ以外の見た目はとてもいい娘だ。

「わちゃしは……フーリエと言います。じょ、ぞくしぇいは……ひきゃ、光が特級でしゅ……」

ははは、３人目のフーリエって娘は緊張しまくってカミカミですね。

容姿は年齢より幼く見える……てか、幼女ですね。

ただ、出ているところはしっかりと出ており、それに関しては俺のストライクゾーンなのだが、容姿が幼女では……。

身長も年齢からしたら低いしこのまま育てば……ロリババも夢ではないぞっ！

やはりヘンリはない。ほかの５人の採用を決定してシーレンス先生に手配を頼む。

「来年から宜しくね。それと私は５人と同じ歳だしそんなに硬くならずに気楽にしてよ」

『ありがとう御座います！』

「あ、ありがちょう・・ござぃましゅ・・・」

ポワワ！

ワンテンポ遅れてフーリエがカミカミでお礼を言うのを見て少し噴き出してしまったのでフーリエが涙目になっていた。

おかげでシーレンス先生にこっそりお叱りを受けましたが、仕方ないよね。

11月に入り姉のエリザベートが結婚した。

騎士をしていただけあって少し筋肉質なエリザベート姉様もウエディングドレスを着ると普通の女性だ。とても綺麗だった。

式は王都の大神殿で行われ、出席者も多く盛大な披露宴も催されエリザベート姉様と相手の婿さんも幸せそうだった。俺も来年にはドロシーと結婚すると思うと感慨《かんがい》深い。

お祝いにはペアリングを贈っている。勿論、陛下に献上した物と同じ効果がある。

◆◇◆◇◆◇◆◇◆◇◆◇◆

神聖暦515年1月。

年が明けたある日、エントランサーにベルム公国の使節団《しせつだん》がやってきた。

このベルム公国の使節団がエントランサーに乗り込んできた理由は交易だ。

交易に関しては民間レベルであれば別に問題ないが、国の使節団が来て交易がしたいなんて言われれば勝手に「はい、喜んで」とは言えない。

だからソリタから魔導機関車に乗せて王都に連れていった。

ロイヤルスイート並みの超豪華な客車を仕立てたので文句はないだろう。それよりも使節団が驚いていたのは魔導機関車だった。時速１００㎞を堪能させてやった。

ベルム公国は４大国の１つであり、神聖バンダム王国と敵対する聖オリオン教国《きょうこく》の北東に位置するゲンバルス半島の一部の地域を治めている小国で、神聖バンダム王国とは国境を接していないが、ゲンバルス半島と神聖バンダム王国の間には海しかないので交易はできる。

聖オリオン教国の影響が強く属国とまでは言わないが同盟国なので、神聖バンダム王国と国交を結べば聖オリオン教国が黙っておらず、ベルム公国としてはマズイことになるのではと思うのだけどいいのかな？

面倒な時には面倒なことが起きる。海賊が出没したというのだ。

アルスムに寄港しようとしていた商船が拿捕《だほ》されたり金品を奪われたりしたらしい。しかも１件ではなく数件発生しているようだ。

俺の領地の方には今のところ被害はないが、年に数回は今までも被害があったらしい。それでも最近はなりを潜《ひそ》めていたそうだ。

このままではこちらまで被害を受けてしまうのでどうしたものかと思案する。

「我が海軍は精強《せいきょう》なれど、如何《いかん》せん数が揃っておりません。エントランサーとソリタ周辺の哨戒だけで手一杯の状況です。現状ではブリットン伯爵の海軍に期待するしかありません」

「ままならないものだ。だが、入植待ちの数も解消されたあとだったのが幸いだったな」

フェデラーやゲールなどの武官《ぶかん》が対応策を検討している。

フェデラーの言う通り、ブリュトイース家の海軍はこの世界では最新式の武装を搭載しており戦闘力は比較するまでもないのだが、数が少ない。

俺だって苛立《いらだ》たしい気持ちを抑え込んでいるのだから、現場の兵士たちの悔しさは推《お》して知るべしだろう。

しかしこのままではいずれこちらにも被害が発生するのは目に見えている。なにか対策を考えなければ……。

「フェデラー、哨戒を強化するのにどれだけの人員と艦船《かんせん》が必要なのだ？」

「はい、明確には言えませぬが数百人規模の増員とドルフィン級を数十隻となりましょう」

ドルフィン級の戦艦はブリュトイース家で採用している艦船の中では小型だが、一般的には中型の船になる。

しかし戦闘力は一般的な大型船よりもはるかに高い。魔導機関も搭載しているので風に左右されることもないし、船速も速いので海賊船さえ見つければ瞬殺《しゅんさつ》できるだけのスペックがある。

海賊船を撃沈《げきちん》させるだけなら最小の搭乗員で運航させればよいが、海賊船にもし捕虜になった人が乗っていたら簡単に撃沈するわけにはいかないことから海賊船に乗り移り白兵戦《はくへいせん》ができる兵も必要になる。だから結構な数の補充が必要となるのだろう。

「船の方はなんとかできるが人員の方は今すぐには無理な話だな」

「はい、しばらくは今の人員でやりくりするしかありません」

「うむ、私の方でも対策を考える。兵らには負担をかけるが皆も頼む」

『はっ！』


まったく、入植の方が落ち着いたと思ったらこれだよ。

いっそのこと、俺が乗り込んで海賊を潰すか。

しかしどこにいるのか分からないものは潰しようがないよな。千里眼は狙ったところを見るのにはよいが、どこにいるか分からない海賊を狙って見るなんて無理だし。

哨戒網を築くにしても人員が不足しているし……ん、待てよ……うん、これだっ！

そうとなったら創作をと……非常に高い場所用なので気温は低いから対策を……加速が厳しいはずだからG対策をして……望遠レンズ……魔力感知……暗視《あんし》……あと攻撃能力もついでにっと……よしできた。

「テッテレテテテーン。軍事用監視衛星《ぐんじようかんしえいせい》ぇ～！」

ぐっ、自分で効果音を言うのは精神的にきたぞ。

できあがった軍事用監視衛星（攻撃も可能）を打ち上げる。ロケットで打ち上げるのではなく、衛星自体が反重力によって上空３６００㎞ほどまで自力で昇っていく。

モニターのスイッチをＯＮにする。成功だ。最大望遠で地上の米粒までしっかり見える。

次、魔力感知は……問題ないな。モニターには地形が線で描かれ魔力を表す●が動いている。

これだったら海中の魔物の魔力も確認できるぞ。

そして暗視も問題ないな。夜間での運用を考えて機能を持たせたがいい感じだ。

あとは攻撃機能を試してみるか。

ちょうどよいことに画面上では熊の魔物が川辺でほかの魔物を食らっている。

狙いをつけて……発射……画面が一瞬真っ白になり画像が回復すると倒れている魔物の頭部がなくなっていた。現地に飛び骸を回収する。骸を放置すると死霊化に繋がるのでNGだ。

この攻撃は雷神の怒りと名付けよう。

あとはこれをたくさん打ち上げてブリュト島全域とソリタ周辺、そして周辺海域もカバーする。


フェデラー、ゲール、ガウバーを呼び出して屋敷の一角に設けた監視室を見せる。

目が点、口が大きく開かれる彼らにチョップを入れて現実に引き戻す。

ブリュト島全域、ソリタ周辺、周辺海域を監視するモニター。

望遠、魔力感知、暗視の各機能を説明すると……。

「お、お館様だからな……」

「うむ、お館様だしな……」

「ああ、お館様だ……」

なんだよ、お前たち！

そのあと、すぐにオペレーターを選別して24時間体制の監視強化を行った。

数百人も人員を補強するよりも効果的だとフェデラーたちには好評だった。


数日後、海賊の拠点を発見したと報告があった。

「これより海賊殲滅のために艦隊を派遣します」

フェデラーが指揮する艦隊はシャーク級3隻、ドルフィン級10隻からなる。

その艦隊にはクララとプリッツが同行すると言うので、イーソラに増設した軍港まで見送りに赴く。

この軍港には造船ドックがいくつもあり、今は技術部門の者が船を建造している。

だから結構な賑わいを見せている。なにより俺が創らなくてよいのが一番だ。

「初めての実戦となる。皆が無事に戻ってくることを切《せつ》に望む」

俺のスピーチが行われ皆が乗船していく。そして出航《しゅっこう》。

「行ってしまいましたね」

「ああ、無事に帰ってきてほしいものだ」

「皆にはクリストフの加護もあります。きっと大丈夫ですわ」

俺はドロシーに頷き、海に背を向け屋敷に戻る。


9日後、フェデラー率いる艦隊が無事に戻ってきた。

拠点を急襲《きゅうしゅう》した時に、クララが機転《きてん》をきかせ1隻だけ逃がし、監視衛星によってほかの拠点を突き止め一網打尽《いちもうだじん》にしてきたので予定より時間がかかったそうだ。

クララには戦術家や戦略家の素質があるとフェデラーも褒めていた。

ただ、監視衛星の魔力感知で拠点を探った時になぜか海賊たちの反応がなかったそうだ。

しかし海賊の拠点以外では問題なく魔力の反応を確認できたことから、監視衛星が故障したのではなく、海賊たちが魔力を遮断するなにかしらの対応を行っていたと考えられた。

そして拠点にあった物の中に魔力を遮断するマジックアイテムがあったと報告をもらった。

こんなマジックアイテムを海賊が持っているのはおかしいと思ったフェデラーやクララが海賊たちを尋問《じんもん》したらしい。

報告書には細かくは記載してないが、まぁいろいろな方法で聞いたそうだ。

そしたら聖オリオン教国のベルザイム司祭が裏で海賊を操っていることが分かった。

どうもあの国は戦争を考えているらしく、神聖バンダム王国の国民を攫《さら》い奴隷化して戦場に立たせようとしているというのだ。

他国の国民を攫って奴隷にして肉盾《にくたて》にするとは鬼畜《きちく》のような国だな。

俺の生家であるブリュトゼルス辺境伯家は、聖オリオン教国を抑えるのが主目的の南部総督という役職に就いている。

つまりブリュトゼルス辺境伯家は聖オリオン教国に対しての抑えであり、紛争時にはスムーズに対応できるように南部の領地を拝領している貴族のすべてを指揮下に置く軍権を与えられているので、このことは父上に報告することにして、判断は父上に任せる。


魔力隠蔽のマジックアイテムである女神像を取り出す。

この女神像を神眼で覗き、書き込まれている魔法陣を確認する。

書き込まれているのは魔力の隠蔽と一定の周波数の音波を出していることが分かる。

まさかこの世界で音波を使ったマジックアイテムがあるとは思わなかった。

音波の方は魔物除け目的で、魔物の嫌う音波を出しているようだ。

しかも魔力の隠蔽に関しては俺の魔力感知をも誤魔化せる高性能な仕様だ。

この世界の人間の知識ではこれほどの魔法陣を書き込めるとは思えないし、こんな発想をするのだから特殊な人が作ったのだろう。

ただ、その人が持っている力を聖オリオン教国のような狂信者たちのために使っているのであれば、それなりの代償を支払うことになるだろう。

もっともその人が進んで協力しているのではなく、聖オリオン教国に無理やり協力させられていることも可能性としてはあるので、その点は留意する必要があるだろう。


女神像を確認しているとドアがノックされたので入室の許可を出す。

入って来たのはウィックと、小柄というよりあまりにも小さい、恐らく小人族だと思われる女性だ。

「この者がお館様に会わせてほしいと……」

ウィックのあの顔を見てそれでもウィックを動かすとはなかなかに精神的強者の女性だ。

ウィックは戦闘では鬼神《きしん》の如《ごと》き働きをするのだが、日頃は気のいいゴツイおっさんだからな。

少女に頼まれては嫌とは言えなかったのだろう。困ったものだ。

「分かった、ウィックは下がっていい」

「しかし……」

「大丈夫だ」

ウィックは俺の後ろに控えているフィーリアに一瞬視線を向け下がっていった。

「それで貴方は？」

「わ、私はリリイアと言います。か、海賊たちに囚われていましたところ、ご領主様に助けていただきました」

「それでリリイアさんは私にどのような話があるのですか？」

「はい……私をご領主様の下で働かせてください」

リリイアは胸の前で手を繋ぎ俺に真剣な眼差しを向けてくる。

「私の下で、ですか？　理由を聞いても？」

「はい……私の家族は皆……海賊に殺されました。行くところがないのです……」

リリイアには同情するが、だからといって簡単にいいとは言えない。

まずは能力の確認からだ……ＯＫ、採用！

俺はリリイアをフィーリアの部下にして、お爺様に鍛えてもらうように手配した。

リリイアを採用した理由だが、それは彼女に『天下の剣聖』というギフトがあるからだ。

小人族は残念なことに身体能力がヒューマンより劣るが、このギフトがあることで彼女は剣に関する技術を身に付けやすくなり、更に身に付けた技術の成長速度が早い！　まさに天下の剣聖と言えるべきギフトだ。

しかしなんでだ？　賢者に剣聖、俺と同年代に２人もスーパーなギフト持ちが居るなんておかしくないか？　しかも２人ともなにか残念なちぐはぐさがあり、なんか……こう……いい加減って感じだ。

その内に勇者とか踊り子とか出てくるのではないだろうか？


聖オリオン教国は中央大陸の南部を支配する大国で国民はすべてヒューマンであり、獣人やエルフやドワーフなどヒューマン以外の種族を亜人《あじん》と呼んでは下級種族と蔑《さげす》み、奴隷以外では生きることを許さないヒューマン至上主義《しじょうしゅぎ》の国家である。

国教《こっきょう》はいわずと知れたオリオン教で、このオリオン教は創生主《そうせいしゅ》と７大神《たいしん》を祀《まつ》っている宗教団体《しゅうきょうだんたい》だ。

聖オリオン教国では、このオリオン教以外の宗教はすべて邪教《じゃきょう》としているので国民すべてがオリオン教徒だと聞いている。

創生主とは創造神を意味するようだが、俺が知っている創造神とは容姿のイメージが違い創生主を模した像などはナイスバディの妖艶美女《ようえんびじょ》になっているそうだ。

そして7大神とは火・水・風・土・光・闇・時空の7属性を司る神のことである。

たしかメリナード様が時空を含むいろいろな女神だったと思うが、オリオン教では時空の大神はおっさんがモデルになっている。

てか、神が創生主以外に7人しかおらず、それ以外は邪神《じゃしん》という乱暴な教えらしいのでかなり似非《えせ》な宗教団体だ。

しかしどこの世界でも宗教による戦争はあとを絶たないな。

神様を崇《あが》めたりするのは常識の範囲でよいとしても、神様を騙《かた》った似非宗教は危険極まりない。

聖オリオン教国は聖クロス騎士団という軍を中心とした遠征軍を準備しているという情報が父上に上がってきており、近々戦争になる見通しが大勢を占める。

その上に俺から海賊騒ぎの報告があり、国内の特に南部のオリオン教徒の監視や国内の不穏《ふおん》分子《ぶんし》の取り締まりが強化されたらしい。

この不穏な空気の中、ベルム公国と国交を持ち交易を開始することになったと発表された。

◆◇◆◇◆◇◆◇◆◇◆◇◆

神聖暦515年2月。

イーソラの北にはルーン迷宮があり、日々多くの探索者が出入りしている。

このルーン迷宮はセジャーカ鉱山の廃坑《はいこう》に発生したダンジョンを移設したものだ。

つまりダンジョンマスターは俺であり、今はブルーエレメンタルドラゴンのブルエレが俺の代理としてダンジョンを管理している。

今では23層からなるダンジョンに成長し、魔物も下はランクEから上はランクEXのブルエレまで幅広く配置されている。

しかもこのルーン迷宮の魔物は希少な魔物が多く配置されているので、その魔物たちから得られる素材は高額で取引されている。

つまり世界でも有数の優良ダンジョンである。

「――――ですから、我が冒険者ギルドとしましてはイーソラに支部を設置し、街の発展に寄与《きよ》したく考えております」

冒険者ギルド神聖バンダム王国王都本部より派遣されてきたセスターという男は、イーソラに冒険者ギルドの支部を設置したいと熱弁《ねつべん》を振るう。

この神経質そうで眼鏡が特徴のセスターは王都本部で編成部長をしている冒険者ギルドの重鎮《じゅうちん》らしいが、俺にはそんなことは関係ない。

「その件に関してはお受けする気はないと先日ご返答したと思いますが？」

「我が冒険者ギルドは神聖バンダム王国だけではなく、中央大陸全域にネットワークを持つ組織です。決してブリュトイース伯爵に損はさせません」

「損とか得とか、そういう問題ではなく、すでに我が領内には探索者ギルドがあり、冒険者ギルドと同様の業務を行っているので冒険者ギルドは不要だと言っているのですよ」

「恐れながら、探索者ギルドはブリュトイース伯爵の領内のみでの活動をされております。我が冒険者ギルドは全国にネットワークを持ち、冒険者に至っては神聖バンダム王国のみならず他国でも活動ができますので、優秀な冒険者をイーソラに派遣し活動をお約束いたします」

最初に俺が頼みに行った時に支部を設置してくれれば俺だって探索者ギルドなど立ち上げなかったのに、今更なにを言っているんだよ。

「わざわざお越しいただいて申し訳ないが、冒険者ギルドについては我が領内での活動は認めません」

お前が断ったから俺はわざわざ探索者ギルドを立ち上げたのだ。

探索者ギルドが機能していないのであれば仕方がないが、機能している現状で冒険者ギルドの介入を許す気はない。

それに探索者を集めるために特典や優遇処置を行い膨大な予算をつぎ込んでいる。そういった理由から俺の領地では冒険者ではなく探索者でなければ活動を認めていないし、俺の領地から得られる利益を冒険者ギルドに還元する気は爪の先ほどもない！

この件については神聖バンダム王国の国王である陛下と冒険者ギルドの王都本部のグランドマスターも了承し書面として残しており、今更これを覆す主張をする冒険者ギルドの節操《せっそう》のなさに辟易《へきえき》する。

「そのように頑《かたく》なな態度はいただけませんよ。我々と関係の深いギルドも多いのですよ」

俺を脅そうというのか。まったり暮らしたいが、俺は権力を笠に着る奴に容赦はしないぞ。

結局、俺と奴の話は平行線で終わった。

「フィーリア、今後はアイツを俺の前に通すなと指示しておいてくれ。それと皆に冒険者ギルドの妨害があったらすぐに報告するように通達をしておいてくれ」

「畏《かしこ》まりました」

◆◇◆◇◆◇◆◇◆◇◆

神聖暦515年3月。

南部総督である父上が進めている聖オリオン教国防衛作戦。

今回の父上はブリュンヒルで待機し、前線には出ないことになった。

だが、南部総督である父上の代理ともなれば、それなりの肉親でなくてはならない。そうでないと貴族やその代理の者を従わせることが難しいのだ。

そこで白羽《しらは》の矢《や》が立ったのが俺だ。俺が父上の代理として南部貴族を指揮することになった。

ここで困った話が持ち上がる。それは俺とドロシーの結婚式が5月に予定されているのに、聖オリオン教国が攻めてくるだろうと予想している時期と重なるのだ。

だから仕方なくドロシーとの結婚式を延期することになった。大敵である聖オリオン教国との戦争の方が優先度が高いと陛下と父上が判断したからだ。

そのことを聞いたドロシーが「父上なんか嫌い！」と言ったらしく、陛下はしばらく暗い表情で目が死んでいたらしい。

新興貴族のブリュトイース伯爵家の派兵は免除されていても、ブリュトゼルス辺境伯の息子である俺は貴族の慣習に縛られて前線に赴くことになる。

ただ、当主の俺が前線に赴くのにブリュトイース伯爵家から兵が出ないのは外聞《がいぶん》としてよくないので、しかたなしに戦艦を2隻準備している。

今回のことで軍事部門の組織を再編した。

フェデラーは今まで通り騎士団長だが、ゲールを新設する第二騎士団の団長に就ける。つまりフェデラーは第一騎士団の団長だ。

職務は第一騎士団がブリュトト島の防衛担当で第二騎士団がソリタと王都の屋敷の担当となる。

ともに海軍を保有するが、規模は第一騎士団の方が大きい。

また、ゲールの第二騎士団長就任にともない、俺の護衛騎士たちも第一と第二騎士団に移籍しているし、レビスを第一騎士団の副団長、ウィックを第二騎士団の副団長に就けた。

そして俺の護衛騎士は名を護衛兵とし、フィーリアを隊長に数人を配置する。『天下の剣聖』であるリリイアもフィーリアの部下として護衛見習いとなっている。

たった1ヵ月程度の訓練でお爺様と打ち合えるほどに成長したと聞いた時には俺も耳を疑ったが、『天下の剣聖』というギフトがあるので成長力も高いと納得する。


ブリュンヒルに出立《しゅったつ》する前にドロシーを王城に帰す。

まだ結婚していないドロシーが俺のいないイーソラで留守番をするのは筋が通らないからだ。

「これは私の代わりだと思ってください」

なんだか今生《こんじょう》の別れのような台詞だけど、俺は死ぬ気はないからね。

バラの形をしたブローチをドロシーに贈る。

「……ご武運を……お祈り致しております」

「まだ戦争になるとは決まったわけではありませんよ」

ドロシーは複雑な表情で俺を見つめる。

王族としては戦争に行くなとは言えないが、許婚としては戦争に行ってほしくはない。

そんな心の葛藤からくる表情なんだろう。

「帰ってきますよ」

俺はドロシーの手を取り、しっかり目を見て言い切る。


イーソラを発った俺たちは順調に進みブリュンヒルの手前まで来ている。

ブリュンヒルはジンバル湖の畔《ほとり》に築かれた大都市で神聖バンダム王国の南部では最大の都市だ。

このジンバル湖は神聖バンダム王国最大の湖でジンバル湖からキルパス川という川を下るとジルペン湖という湖がある。

キルパス川はこのジルペン湖を通り小国を通って聖オリオン教国を横断し海まで続く大河なのだ。

神聖バンダム王国と聖オリオン教国の水軍は何度もこのジルペン湖で激戦を繰り広げている。

もし神聖バンダム王国と聖オリオン教国の仲がよければキルパス川による水運で賑わっているだろうに、とても残念な状態だ。


俺たちは海から未開拓地である大森林の中の川に入りジンバル湖に向かっている。

この名もなき川はジンバル湖と繋がっているキルパス川と海を繋いでいるのだが、名もなき大森林の中を通っており普通にランクAの魔物が現れるために船が通ることはない。

しかし魔物除けを搭載しているシャーク級戦艦ならこの川を遡ってキルパス川、そしてジンバル湖に至ることができるのだ。

聖オリオン教国は大水軍を編成し今回もこのジルペン湖に軍を進めてくることがほぼ決定的となっている。

ただ、ジルペン湖の畔には湖上要塞《こじょうようさい》と呼称されるジルペン要塞があり、神聖バンダム王国の南部貴族はこのジルペン要塞に戦力を集結させ聖オリオン教国を迎え撃つ準備を進めている。

ブリュンヒルに到着した翌日、聖オリオン教国が動いたと父上から連絡があった。

聖オリオン教国は聖クロス騎士団を中心に兵員およそ12万人を動員しており、船舶の数も大小合わせて１５００隻にのぼるらしい。

この動員兵数は事前にある程度の規模を掴めていたので今更《いまさら》驚く必要もない。

対して神聖バンダム王国の南部貴族連合軍は１１００隻、兵員は10万人を動員する予定だ。

この南部貴族連合軍を纏めるのは南部総督であり、ブリュトゼルス辺境伯である父上だ。俺はその代理として前線で指揮を執ることになる。

もっとも、俺は軍を指揮した経験などないので、フェデラーやブリュトゼルス辺境伯軍を任されているオラーショ・フォン・クリオンス将軍、それに有力貴族が実際には指揮を執ることになるだろう。

俺は全体の舵取りをするって感じだ。

ブリュトゼルス辺境伯軍を纏めるオラーショは子爵に叙されており、ブリュトゼルス辺境伯家の分家の筆頭として軍を預かっている。

即日、南部貴族やブリュトゼルス辺境伯家の主要人物を集め軍議が開かれる。

「皆、よく集まってくれた。狂信者どもは来月中頃にはジルペン湖に到達するだろう」

元々聖オリオン教国の動きに合わせて準備を整えていたので多少の動揺で済んでいる。

「此度《こたび》の戦には私の代理として、次男であり、先頃陛下より伯爵位を賜ったクリストフを出征《しゅっせい》させることにした。経験が浅いが皆でもり立ててやってほしい」

「クリストフ殿はランクSの魔物を瞬殺し、アグラやアガカト大森林を鎮静化させた英雄殿だと聞き及んでおります。誠に頼もしきご子息をお持ちでアーネスト殿がうらやましいことだ」

俺を持ち上げているのはベセス伯爵だ。

ベセス伯爵はジンバル湖を挟んでブリュンヒルの反対側一帯を治める貴族で、元々はブリュトゼルス辺境伯家の分家だったが、数代前に大きな戦功を立て断絶してたことで名門ベセスの姓を名乗ることが許され独立している。

現在の当主はアカイザーク殿で年齢は55歳。右頬に傷があり容姿は『ザ・将軍』だ。

「アカイザーク殿にそう言っていただけるのは嬉しい限りだ。しかし戦場では甘やかさないでやってほしい」

「その必要はないでしょう。もし不安であれば某が命をかけて諫言致《かんげんいた》しましょう」

「うむ、頼りにしておりますぞ」

　この会話は歴戦の猛将であるアカイザーク殿が、俺を総司令官として認めたという既成事実を作るためのお芝居だ。

　芝居のおかげで南部の貴族は俺が父上の代理として前線指揮を執ることを了承した。

　そして話は進み、２日後にベセス家を中心とする３００隻をアカイザーク殿が指揮し、ジルペン要塞に向けて先発することになった。

十一章　オリオンの落日

クリストフによって改造されたシャーク級戦艦を旗艦《きかん》としたブリュトゼルス辺境伯家の本隊500隻がブリュンヒルを発ち、港湾都市クジクを経由してジルペン要塞に到着したのは出発してから8日後のことだ。

この時点で聖オリオン教国がジルペン要塞に到着するのはおよそ10日後である。

「情報によればゴルニュー要塞には1500隻以上が集結しており、10日後にはこのジルペン要塞にまで迫るでしょう」

ジルペン要塞に先乗りしていたベセス伯、アカイザーク・フォン・ベセス伯爵はすでにジルペン要塞の戦力を掌握《しょうあく》し情報収集も怠ってはいない。

さすがは歴戦の猛将であるとクリストフは舌を巻く。

「サガラシ王国は150隻、キプロン王国は180隻、先鋒《せんぽう》を務めると思われます」

サガラシ王国とキプロン王国は神聖バンダム王国と聖オリオン教国に挟まれた小国で、現在は聖オリオン教国に従属している国だ。今回のように神聖バンダム王国と聖オリオン教国の間にいったんことが起これば聖オリオン教国に従い軍を派遣している。

彼らとしても大国同士の戦争に関わりあいたくはないだろうが、日和見《ひよりみ》を決め込んでいては生き残れない地域なのだ。

小国ゆえの悲しい状況であり、神聖バンダム王国と聖オリオン教国による数百年にわたる戦に巻き込まれてきた悲しい国々である。

「此度の戦では聖オリオン教国の侵攻を退けるだけでなく、ゴルニュー要塞を攻略する。よって、サガラシ王国とキプロン王国には我らの陣営に組み込む必要がある」

アーネストがクリストフに指示した内容は、難攻不落《なんこうふらく》を誇っていたゴルニュー要塞を落とせというのだ。

それを聞いたベセス伯などは息子に無茶振《むちゃぶ》りをするアーネストをしばらく凝視したほどだった。

初戦はジルペン湖の入り口付近で南部貴族の偵察部隊と聖オリオン教国の先遣隊であるキプロン王国軍の遭遇戦《そうぐうせん》だった。

しかしこの遭遇戦は両軍に被害らしい被害を出さずに終わっている。

「現在、聖オリオン教国軍はジルペン湖南端のキルバス川付近に集結しております」

すでに3度にわたって小競り合いが起こっており、南部貴族の部下にも死者が出ている。

「恐らく明朝には総力戦となりましょう」

主だった貴族が集まり軍議が行われている。

上座《かみざ》にクリストフ、その左側にベセス伯、クリストフの右側にはブリュトゼルス辺境伯軍を預かるオラーショ・フォン・クリオンス将軍。

男ばかりの貴族の中にはクリストフの直臣であるカルラの姿もある。

カルラは騎士爵なので軍議の末席に加わっているのだが、同じ騎士爵であるペロンとプリッツは別室で控えている。因みにクララは王都でお留守番だ。

「なんか癪《しゃく》なのでこちらから仕掛けてみましょう！」

クリストフが放った言葉に室内はざわつく。

「司令官殿、それはどういうことでしょうか？」

諸侯《しょこう》を代表しベセス伯がクリストフに質問をする。

「そのままの意味ですよ。とりあえず聖オリオン教国軍には混乱してもらいましょう」

クリストフが手を叩き会議室の扉が開かれる。入室してきたのはフィーリアとリリイアである。

2人はただ入って来ただけではなく、その手には布が被せられたトレーを持ち、そのトレーが諸侯の目を引く。

フィーリアとリリイアはクリストフの前にトレーを置き布を取るとクリストフの後ろに控える。

リリイアは小人族ながら『天下の剣聖』という称号を持っており、今ではクリストフの祖父であるゴーレスに「ワシを超えた」と言わしめている。

ただ、種族の特徴である小さい体によって強そうには見えないのだが、人類最強レベルの力を有しているのは間違いないことだ。

「……これは？」

誰となく声が漏れる。

クリストフがトレーの上に載った物を1つ手に取ると少し口角を上げて諸侯を見渡す。

「これは『転移の腕輪』です。この腕輪を嵌《は》めた者を敵の本陣の傍に転移させる物ですね。あ、30分後にはこのジルペン要塞に自動で転移しますので安心してください」

「は？」

諸侯が呆《ほう》けた声を漏らす。

「つまり敵のど真ん中に転移し、30分間暴れたら自動で戻ってくるものですね」

「……はぁ？」

「奇襲《きしゅう》をして即離脱という作戦です。嫌がらせですね。この腕輪は10個しかありませんが私の部下から2人出しますので残りは8個です。卿《きょう》ら、もしくは卿らの配下の者で奇襲部隊に志願する者を集いたいと思っています」

数秒の静寂。

「あぁぁぁっはははは、さすがは若様！　面白い！　その奇襲には私も参加させてもらおう！」

やや甲高い笑い声のあとに参加を表明したのはアズバン騎士爵である。

この会議室には先程入室してきたフィーリアとリリイア、それにカルラを除けば、あと2人の女性が存在している。

その内の1人がアズバン騎士爵であり、カルラの横の席に座っている赤毛の女騎士である。

アナスターシャ・クド・アズバン騎士爵。30年以上ブリュトゼルス辺境伯家に仕える女傑《じょけつ》で、剣の腕も然《さ》ることながら事務処理能力にも長けた50歳に手が届きそうな女性騎士爵である。

クリストフの祖父であるゴーレス・フォン・ブリュトゼルスにその才を見込まれ女性ながら剣の道に入り、数々の戦いで戦功をあげて騎士爵に叙されている。

家臣の層が厚いブリュトゼルス辺境伯家内にあって十指に入るであろう、豪傑《ごうけつ》といってもよいほどの剣の腕である。

アズバン騎士爵は、女性でありながら身長が188㎝と長身で更に筋肉質であり、クリストフがこの世界に転生して体力をつけるために剣の稽古をしていた時に何度か手ほどきを受けたことがあるのだが、その時よりクリストフを若様と呼んでいる。

そしてゴーレスとも気が合う数少ない戦馬鹿である。

「アナは相変わらずですね。それと、私の部下を除く8人の内、より多くの戦功をあげた3人には私から褒美《ほうび》を出しましょう。これが今回の褒美です」

アナというのはアナスターシャのことで、剣の手ほどきを受けていた時に無理やりそう呼ばされたのはクリストフにとってよい？　思い出だ。

クリストフは3個の指輪を取り出し机の上に置く。

「この指輪は『豪腕のリング』『疾風のリング』『鉄壁のリング』です。どれも私が作成した英雄級のマジックアイテムです。これを上位3人に褒美として進呈しましょう」

アズバン騎士爵の参戦表明だけだったのが、クリストフが指輪の説明をすると諸侯から参戦表明が殺到した。

英雄級のマジックアイテムが懸かっているとなれば話は別であった。

まったくもって現金な方々だとクリストフは内心で苦笑いをする。

英雄級のマジックアイテムがこの世界でどれほどの価値があるのか、間違いなく家宝になる物であると諸侯の脳内計算機《のうないけいさんき》がはじき出した結果である。

ただ、腕輪は10個しかないので早い者勝ちとなってしまったのは仕方がないことである。

諸侯から多くの参加表明があったが、数に限りがあるので手を上げた順にクリストフが指名して混乱を避けた。

「今一度申しますが、敵陣のほぼど真ん中に転移させますので命の保証はありません。生きて返ってくれれば英雄、死ねばただの無駄死にになるでしょう」

8人にフィーリアとリリイアの2人を合わせた10人が今回の敵陣強襲作戦のメンバーである。

「連携の必要はありません。敵の本陣に切り込み1人でも多くの敵兵を倒した者に褒美を進呈します。それと総大将、将軍、隊長級の首であれば功が大と評価します。最大の目的は敵軍を混乱させるもので褒美の方はオマケだと考えてください。まぁ、タダの嫌がらせなので思う存分暴れて来てください」

クリストフは効果的に敵軍を混乱させるために8人を競わせるつもりであるが、8人にしてみればここで功績をあげ、名声を得ると共に英雄級のマジックアイテムを入手するチャンスでもあるので奮起しないわけがない。

「よう、フェデラー殿は行かないのか？」

「ブリュトイース伯爵家からは私よりも戦力になる者が2人も参加していますからね」

フェデラーはアナこと、アナスターシャ・クド・アズバン騎士爵に気軽に声を掛けられ、苦笑いまじりに答える。

この2人はブリュトゼルス辺境伯家の騎士団の元同僚でありフェデラーにとっては自分を鍛えてくれた鬼教官がアナなのだ。

「へ〜、お前さんより腕が立つ者があの娘《こ》らなのかい？」

「ええ、あの2人は間違いなく天才ですよ。アナ殿もビックリしますよ」

「それは楽しみだね」

フェデラーは思い起こす。模擬戦ではあるが、リリイアがすでにゴーレスに優る剣技を身に付けていることを。

そしてそのリリイアと剣の腕が互角であるフィーリア。だが、フィーリアの得意な得物《えもの》は槍であり、槍を持たせたフィーリアは正に戦神の如くだ。

アナは戦馬鹿ではあるが、決して脳筋《のうきん》ではない。

それゆえ、フィーリアとリリイアの佇《たたず》まいから只者《ただもの》ではないと考えていたが、フェデラーの言葉を聞いてそれは確信に変わった。

「面白いねぇ、やっぱり若様についていけばよかったかねぇ」

アナはゴーレスによって騎士爵にまで引き上げてもらった恩があるため、ブリュトゼルス辺境伯家から離れることを不義理《ふぎり》と考えブリュトイース伯爵家に仕えるのを控えた経緯がある。

もっともクリストフはゴーレスの孫なので移籍したとしても不義理にはならないのだが、これはアナのケジメでもあった。

そしてそんな不敵な笑みを湛えたアナの顔を苦笑して見ているフェデラーであった。


奇襲は夕方、陽が落ちたあとに行われることになり、それまでに各自各陣営で準備をすることになった。

転移できる10人が敵陣に転移してから30分後に自動でジルペン要塞に強制転移する。

このたった30分の内にできるだけ高位の者を打ち倒すか、敵兵を大量に打ち倒す必要がある。

勿論、たった10人しか転移できないので奇襲であっても敵の数に押されて無駄死にをする可能性もある。

そして予定通りフィーリアとリリイアを含めた10人が聖オリオン教国軍の本陣付近に転移する。

「さて、ここからは競争だよ。せいぜい武功をあげようじゃないか」

アナが愛用の剣を抜きさると全員がそれぞれの武器を見つめ、そして誰となく走り出す。

フリードリッヒ・クド・セバイス。

セバイス騎士爵家当主であり、ブリュトゼルス辺境伯家の騎士団に所属している猛者である。

フリードリッヒは愛用の十文字槍を両手で振り回し、近づく敵兵をバッタバッタとねじ伏せる。

今回のクリストフの提案はフリードリッヒにとって願ってもない好機であった。

フリードリッヒはブリュトゼルス辺境伯家の家中でも中堅の騎士であり、2年前に父親から家督を継いだのだが、今の地位に甘んじる気はなく今回の戦役《せんえき》で手柄をあげる機会を窺っていたのだ。

自分の代で男爵に成り上がり領地持ちになってみせるというのがフリードリッヒの口癖でもある。

そんなフリードリッヒの前に絶好の機会が与えられた。

隊長級の印であるマントを纏った者が目の前に現れたのだ。

「我は神聖バンダム王国騎士、フリードリッヒ・クド・セバイス！　貴君には恨みはないが、その首貰い受けるっ！」

フリードリッヒは走りながら奇襲には不適切な名乗りを上げ隊長の首を狙うも、敵もさる者でフリードリッヒの名乗りを受けた瞬間に剣を抜きさり、フリードリッヒの一閃《いっせん》を剣で受ける。

だが、フリードリッヒの十文字槍はわずかに隊長の肩口に傷を残し、更に自慢の十文字槍に引っ掛けた剣を隊長の手から弾き飛ばす。

「ぐっ！」

そのままの勢いで十文字槍を薙《な》ぐと、隊長の首が宙を舞う。

「うおぉぉぉぉっ！」

ブレム騎士爵家当主であるアムレイザは嬉々《きき》として敵兵を血祭りにあげていた。

アムレイザ・クド・ブレム

アムレイザ愛用の武器は大斧《おおおの》であり、敵を斬るのではなく殴る、破壊する、ぶっ飛ばすのが趣味で、血を見るのがなにより好きなサディストである。

「きさまの血は何色だぁぁぁぁぁっ！」

大斧の刃は敢えて研いでおらず、そんな鈍《なまくら》な刃で人の体を破壊するのがなにより楽しいのだ。

「は〜っはは！　もっと血を出せぇぇぇぇぇっ！　臓腑《ぞうふ》をぶちまけろぉぉぉぉぉぉっ！」

身長１７８㎝と決して大柄ではないのだが、全身を筋肉で覆いつくし体中に痛々しい傷痕をつけ、鈍な大斧を振り回し死を振りまく姿は、聖オリオン教国兵にとっては悪魔や死神に見えただろう。

ウレイモネン・クド・レストス

ベセス伯爵の三女が分家であり家臣筆頭であるレストス家に嫁入りして生まれたのが、ウレイモネンである。

ウレイモネンとて多少は腕に覚えがあるのだが、しかしこのような無謀《むぼう》なというよりは自殺行為と言っても過言ではない奇襲作戦に参加などしたくはないのが本音である。

されど、祖父であり自分が仕えているベセス伯の命とあらばその命を懸けて作戦に参加せざるを得なかった。

なんで自分がバトルジャンキーどもに混じって自殺行為をしなければならないのか？

こんな思考に囚われているウレイモネンは転移すると敵が居ないと思われる方向に身を隠しながら移動するのであった。

30分間息をひそめ続けるために。

ロジブリ・アクスム
フォードン伯爵家に鉄壁のアクスムありと言われるほどの猛者である。

その勇名は神聖バンダム王国内だけではなく、聖オリオン教国にも広く知られていた。

そんなアクスムは当然の如く数々の戦功を立てており何度か叙爵の話があったのだが、「戦場にてあい果てる所存《しょぞん》」とすべての話を断っている。

アクスムは左手に長剣、右手に大盾と通常とは逆に剣と盾を装備をしている。

これはアクスムが左利きというわけではなく、利き手に堅牢な大盾を装備することで大盾でも敵を殴りつけたり先端で突き刺したりとする彼独自の戦闘スタイルなのである。

「推して参るっ！」

レイザー・ハイリフ
レイザーは西部貴族のレベンス男爵家の長男である。

ではなぜ今回の戦役にバネス子爵家の陣借りとなっているのかといえば、父親であるレベンス男爵が外に作った庶子であったゆえに、長男ではあるが長男として認められてはいないという理由がある。

レイザーは父親には似ずに筋肉質であり、父親の援助を受けていない母親を助けるために冒険者となった元冒険者である。

レイザーの母親は平民であり、レベンス男爵は貴族家の出身である正室《せいしつ》との間に男子を2人もうけているのでレイザーが嫡子《ちゃくし》となることはない。

それだけではなく、正室やその子らはレイザーやレイザーの母親を目の敵にしており、ことあるごとに難癖《なんくせ》をつけてくる。

それでも母親が生きている間はおとなしくしていたが、レイザーが冒険者ギルドの依頼を受け1ヵ月ほど家を留守にした間に母親が流行り病で急逝《きゅうせい》すると、なんの面倒も見なかったレベンス男爵に絶縁状を送りつけ、貴族派であるレベンス男爵とは敵対関係にあった国王派のバネス子爵家の門を叩いたのだった。

元々バネス子爵とは冒険者ギルドの依頼を通じて知り合っており、バネス子爵の砕けた性格もあり親しくしていたので、レイザーはバネス子爵の客人として遇されていた。

「魔物の方がよほど恐ろしいわっ！」

クザント・アッテンボロー
フォリム男爵家の嫌われ者、これがクザントの風評《ふうひょう》である。

つまり今回のことでフォリム男爵は邪魔者であるクザントを排除しようと考え、奇襲作戦に参加させたのである。

クザントは代々フォリム男爵家に仕える従士の家柄ではあるのだが、金遣いの荒いフォリム男爵に何度か諫言をしたことで完全にフォリム男爵に五月蠅い男と思われている。

クザントもまったく行いを改めないフォリム男爵をすでに見限っており、今回の奇襲作戦は自身の名声を得るための踏み台としては好都合であった。

「まずは生き残るべし！」

アレクセイ・ジン
魔法使いであるアレクセイは王立魔法学校を卒業後、遠縁であるドーソン騎士爵家に仕えることになった。
魔法使いは高給《こうきゅう》取《と》りなので騎士爵家ではまず見られないのだが、遠縁ということもありドーソン騎士爵家に身を寄せることになったのだ。
アレクセイは魔法使いではあるが、金勘定《かねかんじょう》が得意であり瞬く間にドーソン騎士爵家で頭角を現し、今ではドーソン騎士爵家になくてはならない存在になっている。

そんなアレクセイはクリストフが奇襲作戦をぶち上げた場に従者としてドーソン騎士爵の傍に控えており、参加表明をするように主であるドーソン騎士爵に進言するのだった。

アレクセイ自身、これは無謀ともいえる賭《か》けであることは分かっていたのだが、それでも愛着が湧いているドーソン騎士爵家に繁栄をもたらすためにとこの賭けに乗り出したのである。

「さて、目的の場所は……と……」


阿鼻叫喚《あびきょうかん》。

そんな言葉しか思い浮かばない。

それは真紅の金属鎧と真紅の大盾、そして鋭く研がれた大剣を持った綺麗な赤毛が特徴である『赤毛のアズバン』と呼ばれる大柄の女性が引き起こす惨劇であり、聖オリオン教国軍にとっては真っ赤な死神が現れたかと錯覚するほどの惨劇が繰り広げられていた。

「ほら、もっと腰を入れて打ち据えてきなっ！」

「ぐっ！」

剣を振り上げ近寄ってきた聖オリオン教国兵を一太刀《ひとたち》で切り伏せ、周囲に獰猛《どうもう》な視線を送る。

すでに20人は切り伏せており、周囲は血の海となり死屍累々《ししるいるい》といった様相を醸し出している。

「雑魚はおどきっ！　もっと手ごたえのある者は居ないのかねぇ？」

そんなアナに呼ばれたように前に進み出てきたのは強者の風貌《ふうぼう》を見せる者であった。

「赤毛のアズバン殿とお見受けする。某、聖オリオン教国聖クロス騎士団第三大隊長ベルドネ・

ウィンドフィールドと申す」

白銀の鎧に聖クロス騎士団員の印である深緑のマントを纏った立派な体格の男性は静かにアズバンを見据えているのだが、その視線は決して穏やかなものではない。

聖オリオン教国軍にあって聖クロス騎士団は中核組織であり、大隊長ともなれば将軍クラスの大物である。

もともと聖クロス騎士団はオリオン教の教皇直属の武力組織であり、大隊長ともなればその発言力は下手な司教よりも上なのだ。

あちらこちらで上がっている怒声や悲鳴にベルドネは神聖バンダム王国軍の奇襲であると正しく認識はしているも、その兵数や兵科が分からない状況で『赤毛のアズバン』という二つ名を持つアズバンに出遭ったのは僥倖《ぎょうこう》なのか、それとも奇禍《きか》なのか。

「お、やっと手ごたえのありそうなのが出てきたね。アンタ、覚悟はいいかい？」

ベルドネは「フッ」と笑い剣を抜くとアズバンが剣を構えるのを待つ。

「いいねぇ〜、行くよっ！」

アズバンは剣を構えることなく地面を蹴る。それと同時にベルドネも地面を蹴る。

ガキンッと甲高い金属音が響くと同時に火花が迸《ほとばし》る。

次の瞬間には数度の甲高い金属音が連続で鳴るのだが、周囲でその光景を眺めていた聖オリオン教国兵は次元の違う2人の剣戟《けんげき》を目で追うことができないでいた。

「いいねぇ。ゾクゾクするよ」

アズバンは終始笑顔で剣を振る。

対するベルドネはアズバンの剣戟を剣でいなしたり盾で受け止める。

ベルドネは最初こそアズバンと互角かと思われたが、数度剣を合わせる内に徐々にアズバンの剣戟が重く、そして速くなっていくのを感じ押され始めていた。

「くっ！　この化け物めっ！」

「か弱い女性に向かって化け物とは酷《ひど》い言いようだね！」

ベルドネは額に大粒の汗をかきその息は荒く弾んでいるが、アズバンは軽く扇子でも扇いでいるかのような感じで大剣を振りベルドネにプレッシャーをかけ続けていた。

こんな状況下で自分を「か弱い女性」と言うアズバンの神経が疑われるが、それはゴーレス同様の戦闘狂でもあるアズバンクオリティなのである。


小人族の両親を持ち、自身も当然小人族であるリリイアは親しい者たちからはリリーの愛称で呼ばれていた。

そんなリリイアの幸せは海賊たちの襲撃により壊されてしまった。

リリイアを大事に育てていた両親は海賊に切り殺され、リリイア自身も海賊に捕まって奴隷になるところだった。

しかし海賊が貴族の海軍によって掃討されたことで奴隷になることなく解放され転機が訪れる。

リリイアを救った貴族家の当主は自分と然程《さほど》年齢の違わない綺麗な顔をした少年だった。

その貴族はクリストフ・フォン・ブリュトイースという新興貴族であり、噂で聞いていた英雄だったのだ。

そんなクリストフになにやら運命を感じたリリイアは断られるのを覚悟で家臣にしてほしいと懇願《こんがん》し、すんなりと家臣になれ拍子抜けしたのを昨日のことのように覚えている。

クリストフの家臣となったリリイアはフィーリアという獣人の、それも自分より年下と思われる少女の部下となったが、このフィーリアが只者ではなかったのだ。

常にクリストフの傍らに控えているフィーリアがいつ寝ているのか不思議に思えるほどに、フィーリアはクリストフから離れることはなかったのだ。

最初は剣を覚えるために主君であるクリストフの祖父であるゴーレスに預けられ地獄を味わったリリイアだったが、次第に天性の才能が開花しゴーレスのシゴキにもついていけるようになった。

そしてその頃にリリイアが『天下の剣聖』であるとクリストフから告げられる。

リリイアはクリストフがなぜリリイアのギフトである『天下の剣聖』について知っていたのか、疑問を口にしたのだった。

「それは私が神だからだよ」

何気ないその言葉を最初は冗談かなにかとリリイアは受け止めたが、クリストフの人外《じんがい》の力を目の当たりにするにつれ、クリストフの言葉が本当であるとリリイアの中で確信になっていくのだった。

そして「私はこの剣をクリストフ様に生涯捧げましょう！」と心に誓うのであった。

フィーリアの部下としてクリストフの身辺警護をするリリイアだったが、今回の聖オリオン教国の侵攻には思うところがないわけではなかった。

リリイアの両親を殺した海賊たちは聖オリオン教国の援助と協力を得ていたので間接的にではあるが、聖オリオン教国はリリイアにとって親の仇なのだ。

そして当初はフィーリアだけが参加する予定だった奇襲作戦にリリイアも参加させてほしいとクリストフに懇願したのだった。

当初、クリストフはリリイアを参加させることに否定的であったが、リリイアの決意を受け了承することになる。

「リリイア、お前は戦場の怖さを知らないだろうから決して無理はするんじゃないぞ」

クリストフのそんな言葉を受け、リリイアはクリストフに更なる忠誠を誓うことになるのだった。

「私の傍を離れないように、これは命令です」

フィーリアもリリイアのことを心配し自分の傍につき従うように促すのだった。

そんな2人の優しさに触れ、自分は幸せな人間だと思うリリイアだった。

「リリイア、行きますよ！」

「はい、フィーリア隊長！」

フィーリアが先頭をきり、リリイアが後方でフィーリアを支援する形をとる。

フィーリアが槍で聖オリオン教国兵を串刺しにし薙ぎ払い道を作ると、後方から仕掛けてくる聖オリオン教国兵をリリイアが切り捨てる。

フィーリアだけでも一騎当千《いっきとうせん》の強者であるが、天下の剣聖たるリリイアもフィーリアに勝るとも劣らない働きをするのだった。

２人が最初に遭遇した隊長クラスの男は喋る暇を与えられることもなく首が飛び血の海を作り、次に遭遇した隊長クラスの女性は腹部を鎧ごと貫かれ大量の出血で意識を失うのだった。

「リリイア、大丈夫ですか？」

「問題ありません！」

時折フィーリアがリリイアの状況を窺う。

（今はまだ大丈夫ですね）

この時のリリイアは気持ちが高ぶり自身を省みるような状態ではなかったのだが、この戦闘のあとしばらくは就寝中に魘《うな》されることになる。

「きさまぁぁっ！」

なにやら豪勢な鎧を身に着けた男がフィーリアに向かって大斧を振り上げ突進してきたが、

フィーリアはその男が振り下ろした大斧をクリストフより下賜《かし》されたオリハルコン合金製の槍で受け止める。

「なっ⁉　か、片手で受け止めるだ……と？」

本来、大斧を槍で受け止めれば槍の方が押されるのだが、フィーリアの槍はオリハルコンを基本として作り上げられたクリストフお手製のハイスペックウエポンであり、フィーリアもクリストフの眷属であることから最早《もはや》人間の域を超えた身体能力を有している。

この２つが合わさったことで片手で大斧を受けても余裕の表情を浮かべるのがフィーリアであった。

「この者の相手はリリイアに任せます。今の貴方にちょうどよい相手でしょう」

この言葉を聞いた男はフィーリアが自分との戦いを避けたと勘違いをする。

そしてフィーリアのこの「ちょうどよい相手」という発言はリリイアなら余裕をもって倒すことができるという意味であるとリリイアは理解している。

◆◇◆◇◆◇◆◇◆◇◆◇◆

アナスターシャ・クド・アズバン：生還
フリードリッヒ・クド・セバイス：生還
アムレイザ・クド・ブレム：重傷・生還

ウレイモネン・クド・レストス：生還
ロジブリ・アクスム：生還
レイザー・ハイリフ：生還
クザント・アッテンボロー：戦死
アレクセイ・ジン：重傷・生還

今回の奇襲攻撃では1人が戦死し重傷者は2人であった。

敵陣の真っ只中に放り込まれたことを考えれば上々の結果だったと思う。

勿論のことだけど、フィーリアとリリイアは無傷で生還している。


「今回の奇襲作戦における第1の功はウレイモネン・クド・レストス殿ですね。レストス殿にはこの3つのリングの中から好きな物を選んでください」


いや～、ビックリだわ。

ウレイモネン・クド・レストスはベセス伯の外孫だけど武勇は受け継いでいなかった。

だから当初はベセス伯に考え直すように促したほどだ。

彼が今回の奇襲作戦に参加したのはベセス伯の命令だったが、彼が武功を立てたのはまったくの偶然だ。

てか、偶然に偶然が重なった超奇跡的な武功だ。

言ってみれば、ラッキーパンチが当たってしまいKOって感じ？

彼は転移早々、物陰から物陰に移り敵兵を避けながら息を潜めていたのだが、ほかの転移した者たちが派手に暴れまわったおかげもあり敵の副司令官であるレジスネン将軍を討ち取っているのだ。

このレジスネン将軍は聖クロス騎士団出身の将軍で実質的な司令官だと考えられていた。

謂《い》わば最重要人物だ。

実際にレジスネン将軍と戦っていたのはロジブリ・アクスムだったが、レジスネン将軍が不利と見た敵兵に横槍を入れられてとどめを刺せなかった。

追撃しようと思っても邪魔され深手を負ったレジスネン将軍を取り逃がしてしまったのだ。

そして重傷を負って命からがら逃げおおせたレジスネン将軍はウレイモネンに遭遇し首を取られたというわけだ。

レジスネン将軍にしてみればなんとか生き残れたと思っていたところに彼が現れ殺されてしまうのだから運がなかったとしか言いようがない。

ロジブリにしてみれば武功を横取りされたようなものだが、ロジブリに関してはとどめを刺せなかったのは自分の力不足だったと気にも留めていない。

そんなわけでウレイモネンとしては好運だったということだな。

「……ありがとう御座います。……豪腕のリングを……」

今でも自分自身で信じられないという感じのウレイモネンに豪腕のリングを手渡すと、俺は彼の耳元で囁《ささや》く。

「どんな状況であっても功は功ですよ」

彼はビクっと体を強張《こわば》らせたが、俺は彼の肩をポンポンと手で軽く叩く。

「おめでとう！……さて、第２の功はアナスターシャ・クド・アズバン騎士爵です。残っているのは疾風のリングと鉄壁のリングですが、どちらにしますか？」

今回の武功としては総大将クラスの首級をあげたウレイモネンに軍配があがったが、実績としてはアナがナンバーワンだ。

アナのあげた武功は大隊長クラスの首級１つを含む74首でこれは文句なしの武功だ。

アナは元々大柄な体格だが、背筋を伸ばし胸を張っているので実際の体格よりも大きく見える。

そんな彼女がゆっくりと前に進み出てきて俺が差し出している手から無雑作に疾風のリングを掴み取る。

彼女にしてみればどちらのリングでもよかったのだろう、まったく選んでいなかったようだ。

「面白かったよ……ところで、今度あの娘たちと手合わせをさせておくれでないかい？」

アナはフィーリアとリリイアがいる方を顎でしゃくり俺の回答を待つ。

まったく戦闘狂ってのは皆同じで、強い者を見るとすぐに戦いたがるよ。

「この戦いが終わり、訓練であれば構いませんよ」

「ああ、それで構わないよ。しかし若様の所は楽しそうだねぇ」

俺はアナの獰猛な視線を受け流し苦笑いをする。

彼女にとって戦場は公園のようなものなのかもしれない。

遊具で遊ぶように敵兵を弄《もてあそ》ぶアナの姿が簡単に想像できるだけに、目の前にいる大柄で赤毛の女性がとても恐ろしく感じる。

「では、最後に第3の功です……レイザー・ハイリフ殿」

このレイザーという男の武功は隊長首2つを含む53首で、武功4位のアムレイザとは僅差《きんさ》だった。

バネス子爵家の陣借りとしてこの戦に参加している彼は軽く会釈しリングを受け取る。

一言も発せずバネス子爵の元まで戻ると、手にしていたリングをバネス子爵に渡したのにはビックリした。

彼にとっては英雄級のマジックアイテムはそれほど価値のある物ではないらしい。

なら、なぜ今回の奇襲作戦に参加したのか？

彼のことは多少なりとも聞いているが、恐らくは父親へのあてつけではないだろうか？

彼は英雄級のマジックアイテムを得てそれを恩のあるバネス子爵へ献上した。

父親のことは直接知らないが、父親が聞いたら歯噛みして悔しがったのではないかな？

それと恩があるバネス子爵に報いるというものだろうか？

どちらもあり得るが、俺としてはどちらでも構わないし、大して気にすることでもない。

今回の奇襲作戦という名の嫌がらせは敵の副司令官や隊長級の首をいくつか得ており、対して味方の被害は戦死者1人なので大成功といってよいだろう。

さすがにここまでの戦果は俺も考えていなかった。

恐らく敵は混乱しており翌朝の出陣は延期されるのではないだろうか？　てか、延期だろうな。


俺が仕掛けたのは今回の奇襲だけではなく、ほかにもある。

今回の奇襲作戦の陰に隠れているけど実は奇襲で混乱している敵の兵糧を大量に奪取している。

これはカルラ、ペロン、プリッツの3人が極秘裏《ごくひり》に動いた結果で、膨大な兵糧《ひょうりょう》や武器・防具、それに矢弾《やだん》などを奪取している。

奇襲によって首脳陣の首をいくつも取ったこと以上に敵に対しての嫌がらせになっているだろう。


「随分と楽しそうだね？」

「我が国の民を捕らえ奴隷化するような腐った国にはいろいろと仕返しをしないとね。彼らがやったことの報いは何倍にもしてお返ししないと気が済まないんだ。それにペロンやプリッツにもっと功を立ててもらい男爵に陞爵させないとね」

戦死者を1人出しているので手放しで喜ぶことはできないが、それでも戦死者1人に対して膨大な戦功を彼らは立てている。

戦死したクザント・アッテンボローの家族の面倒はしっかり見させてもらう。

必要ならば家族を引き取り面倒を見るつもりだ。

烏滸《おこ》がましい考え方ではあるだろうが、これしか俺にはできないからな。

「僕が男爵だなんて……」

「ペロンはカルラを嫁にするんだ。せめて男爵になっておかないとな。望んだ戦乱ではないが、折角なので利用させてもらおう。だからもっと戦功を立てよう！」


今回の戦いでペロンには更なる戦功を立ててもらう予定だ。

元々カルラは子爵家の息女《そくじょ》なので騎士爵だと嫁入り時に格が問われる場合もある。

本人たちや親たちはあまり気にしていないが貴族の社会っていうのはそういうところなんだ。

それとプリッツは騎士爵家を継ぐ予定なので今の騎士爵でもよいだろうけど、クララと違い家を継ぐので家格を上げる使命もあるだろう。

俺のようにまったり暮らしたいと思っていればよいが、貴族なので出世欲はあると思う……あるよな？　草食系男子だからなぁ……。


これまで俺を陰から助けてくれた皆にはそれなりに報いてやりたいし、報いなければ俺の気がすまない。

「敵は今回の奇襲と兵糧消失でかなり混乱しているだろうから、明日はこちらから打って出るつもりでいる。皆の奮闘に期待する！」

この場にはカルラ、ペロン、プリッツ、フィーリア、リリイアの5人がおり、俺は5人に檄《げき》を飛ばす。

「「「「「了解！（しました）」」」」」


翌朝早く、こちらから打って出る。

敵が混乱して出陣を取り止めたからといって、こちらがそれに合わす必要はないだろう。

敵の弱ったところにつけ込むのは戦いとしては当然のことだ。

先陣はアカイザーク・フォン・ベセス伯爵率いる500隻、この500隻の中にはフェデラーが指揮するシャーク級戦艦も組み込まれており、ベセス伯もシャーク級戦艦に乗り込んで部隊の指揮を執っている。

そしてペロンもフェデラーの補佐官としてシャーク級戦艦に乗り込んでいる。

カルラには俺の補佐官として本陣に詰めてもらっている。

勿論、フィーリアやリリイアは俺の護衛として俺のやや後方に控えている。

それとブリュトゼルス辺境伯家の秘蔵っ子でもあるロザリア団長も本陣詰めだ。

500隻からなる大部隊がジルペン要塞の係留場《けいりゅうじょう》から出陣《しゅつじん》していく光景は圧巻《あっかん》であり、その中でもシャーク級戦艦の威容《いよう》は群を抜いている。

「あの戦艦の威容……まったくクリストフ様は……」

「ロザリア団長も乗りたかったのですか？」

「乗りたいと聞かれれば乗りたいのですが……」

「父上があのシャーク級戦艦よりも巨大なホエール級戦艦を購入される予定ですから、楽しみにしておくとよいですよ」

「それは楽しみね、ふふふふ」

ホエール級は今回投入していないが、別にキルパス川で運用ができないわけではない。

ただ、90m以上もある巨艦《きょかん》なのでこういう川や湖での戦闘訓練をしていなかったことから安全を考え投入していないだけで、川や湖での訓練を積んでいれば投入していただろう。ただそれだけの理由だ。

◆◇◆◇◆◇◆◇◆◇◆◇◆

轟音がした数瞬後、膨大な水が跳ね上がる。

細かく散った水が陽光により煌《きらめ》き、そして七色のアーチが浮かぶ。

「あれが魔導砲の威力なのか……」

ベセス伯爵は破壊された聖オリオン教国軍の軍艦を見て魔導砲の威力を実感した。

「第二砲門、ってぇ！」

ズッドォォンッ……ズッザァァァォォァァンッ！

シャーク級戦艦。その甲板上には4つの巨大な砲門が存在する。

この世界の軍艦には見られることのないものであり、クリストフが前世の記憶を元に設計し造り上げたホエール級・シャーク級・ドルフィン級の各戦艦の特徴である。

この砲門の内、2門は魔導砲と呼ばれる魔法弾を射出する武器である。

その魔導砲が放つ狂気ともいえる噴煙《ふんえん》により、聖オリオン教国軍の軍艦は船体に大穴が開き遅れて大爆発が起こる。

更にその爆発によって水が大きく跳ねあがり、水面が大きくうねりを作ることで周囲の船を巻き込んでいく。

「第三砲門、ってぇ！」

ズッドォォンッ……ズッザァァァォォァァンッ！

第三、第四砲門は直径200㎜の実弾を射出する巨砲だ。

防御障壁や結界が施されているとはいえ、巨大な金属の塊が猛スピードで着弾して無事でいられる船など聖オリオン教国には存在しない。

続けて第四砲門の発射指示を出し、聖オリオン教国に容赦なく降り注ぐ死の影。

フェデラーの掛け声１つで数十か数百かの聖オリオン教国兵の命がジルペン湖に沈んでいく。

しかし聖オリオン教国軍は未だになにが起きているか分かっていない。それもそうだろう、聖オリオン教国軍と神聖バンダム王国軍は２㎞以上離れているのだから。

実際、砲撃の合図をしているフェデラーでさえこの距離で届くのか最初は疑問だった。

訓練や海賊との戦いではせいぜい５００ｍほど離れた的への砲撃だったので、この不安も仕方がない。


『第一砲門、次弾装弾完了しました！』

パイプを伝い聞こえてくる砲撃手からの声。

それに呼応するようにフェデラーは第一砲門に発射の指示をする。

聖オリオン教国軍と神聖バンダム王国軍が魔術師による攻撃の間合いに入るまで魔導砲と２００㎜砲の砲撃は続くことになる。


「何処から攻撃がっ⁉」

「こんな話は聞いてないぞっ！」

「俺たちは死ぬんだぁぁぁぁぁ」

「そ、創生主さまぁぁぁぁぁぁ」

「母さぁぁぁぁんっ」

「オッパァァァァイイィッ」


そして攻撃はそれだけでは済まないので聖オリオン教国軍の受難は続く。

シャーク級には左右に各8門、前後に各2門、合計20門の連射型小型魔導砲が設置されている。

魔術師の間合いでこの連射型小型魔導砲が火を噴く。

この連射型小型魔導砲は名前の通り連射が可能になった小型の魔導砲であり、毎分40発もの魔法が放たれる。

乱戦に持ち込もうと接近してみると、今度は連射型小型魔導砲による雨あられともいえる魔法攻撃が降り注ぐのだから、その連射を受ける側である聖オリオン教国軍は堪ったものではない。


神聖バンダム王国軍はシャーク級戦艦による援護射撃のあと、戦意を消失させた聖オリオン教国軍に突撃を敢行する。

その頃の聖オリオン教国軍はすでに旗艦が轟沈《ごうちん》しており、指揮系統が混乱していた。

混乱を極める聖オリオン教国軍、そこに神聖バンダム王国軍の突撃が敢行《かんこう》されるのだから混乱に拍車がかかるのは当然の話だろう。

「突撃ぃぃぃぃぃぃっ！」

突撃したのはフリードリッヒ・クド・セバイス騎士爵率いる強襲用中型船《きょうしゅうようちゅうがたせん》である。

セバイス騎士爵は奇襲作戦でアナに後れを取ったが、この突撃で名誉挽回《めいよばんかい》ではないが戦功をあげようと必死である。

多少強引ではあったが、セバイス騎士爵は聖オリオン教国軍の船団の中央部へ突撃を敢行した。

過去に何度も繰り返された聖オリオン教国と神聖バンダム王国の戦いは双方決め手を欠くものであったが、今回の戦いは過去に例がないほどの一方的な勝利と敗北によって幕が下りた。

聖オリオン教国軍は白旗を掲げ投降する船、我先にとキルパス川に逃げ込む船、大破もしくは中破して動けない船、ジルペン湖に投げ出され船の瓦礫《がれき》につかまり水面を漂う兵。

フェデラーはキルパス川に逃げ込もうとする船に容赦なく砲撃を浴びせるよう指示を出す。

それを傍らで見ていたベセス伯爵はこの大勝利に浸るよりもこの後始末に思いを馳せ、そしてクリストフだけは敵にしてはいけないと心に刻むのだった。

戦闘の趨勢《すうせい》が決した中、1隻の船が戦火からほど遠い水上を移動していた。

この船はプリッツが指揮するシャーク級戦艦改だ。

プリッツは敵が撤退するキルパス川の入り口に回り込み、逃げ出す敵船へ更なる追撃を与える役目を与えられている。

シャーク級戦艦改には魔力隠蔽のほか、姿を隠すステルス機能が組み込まれている。

魔力隠蔽は海賊より回収した女神像を分析したことで得たものであり、姿を隠すステルス機能はワーナーが隠れていた幻術系の結界の応用である。

この2つの機能を活用してプリッツは敵に見つかることなく後方へ回り込めたのだ。

「艦長、敵が撤退してきます！」

「全砲門、安全装置解除」

プリッツの指示を副官が複唱するとパイプを伝い命令が各砲門に届く。

「撃て！」

プリッツの攻撃命令を復唱した副官の命令でシャーク級戦艦改に搭載《とうさい》されていた特殊砲弾が射出される。

数秒のあと、特殊砲弾が命中した船を中心に湖面が氷漬けとなる。

その広さは半径50ｍにも及び、凍った湖面に激突して船体が大きく傷付き航行不能になる船もあった。

同じように特殊砲弾が連続して射出されると次々に湖面を凍らせていく。

湖面を凍らせることで敵の退路を完全に塞ぐのがプリッツの役目である。

一方、ジルペン湖に浮かぶジルペン要塞から戦闘を眺めていたクリストフは「意外とあっさりと終わったな」と呟く。

「すべてクリストフ様のご威光によるものです！」

クリストフをリスペクトしているフィーリアが当然のことだと言わんばかりに胸を張る。

「まぁ、シャーク級戦艦を2隻も出撃させた時点で勝負の行方は分かっていたよ。てか、クリストフが居る時点で聖オリオン教国の負けは決定していたとボクは思うよ」

クリストフがいる以上、最終的な勝利は疑う余地はないとカルラは言う。

「サガラシとキプロンの王は予定通り降伏しているようだね」

サガラシとキプロンとはサガラシ王国とキプロン王国のことで、共に聖オリオン教国と神聖バンダム王国に挟まれた小国である。

サガラシとキプロンは共に聖オリオン教国に従属しており、今回の戦いにも国王自ら出征をしている。

小国とはいえ一国の王が前線に出て兵を指揮するのはあまりないことだが、この2国は聖オリオン教国に隷属《れいぞく》していると言っても過言ではない状態なので、国王自らが出征することで聖オリオン教国への忠誠を表しているのだ。

「フェデラーさんもしっかり仕事をしているってことだね」

カルラの言葉に頷きクリストフは立ち上がる。

その気配でほかの貴族もクリストフの方を向く。

「ベセス伯に通達を！　南部貴族軍を率いて聖オリオン教国に攻め上りゴルニューを攻略せよ。フェデラーはそのままベセス伯の指揮下に入るように。クリオンス将軍はブリュトゼルス軍をもって拿捕《だほ》した船と捕虜の対応を！」

この命令に色めきたつ貴族たち。

今回ジルペン湖の戦いは防衛戦なので領地の加増はなかなか見込めないが、侵略戦《しんりゃくせん》となれば話は別だ。

追撃戦《ついげきせん》にブリュトゼルス軍を加えなかったのは南部諸侯に対しての配慮である。

今回の戦いでの最大の戦功はシャーク級戦艦を擁するブリュトイース伯爵家であり、南部貴族軍はほとんど戦功をあげてはいない。

つまりここでブリュトゼルス軍を追撃に加えれば南部諸侯の戦功を奪うことになるだろうと考えたからである。

ただ、シャーク級戦艦に関しては味方の被害を最小限に抑えるために、出さざるを得ないことはクリストフに苦笑いをさせるのだった。

ゴルニュー要塞とは、聖オリオン教国が神聖バンダム王国攻略の橋頭堡《きょうとうほ》として１００年以上前に築いた砦である。

１００年もの間に何度も改修が行われ、今では建設当初の規模に倍する要塞となっている。

その要塞の攻略は聖オリオン教国に侵攻《しんこう》するには欠かせないことだが、今までは要塞の堅い守りに阻まれており神聖バンダム王国の被害は決して少なくない。

「貴殿らも戦功をあげるべく出陣をされよ」

クリストフは本陣詰めだった貴族に戦功をあげさせるべく促す。

「クリストフ様の力は知っていたつもりでしたが、すでに私の想像を遥かに超えております」

残ったのはクリストフの護衛をしているフィーリアとカルラたち、そしてブリュトゼルス辺境伯家の魔術師団長であるロザリア団長に兵士が数名である。

そして声の主はクリストフに魔法のいろはを教えたロザリア団長だ。

ロザリア団長はクリストフが現れるまでは天才の名をほしいままにしていたが、そのロザリア団長であってもクリストフの規格外に感嘆するしかない。


実を言えば、この戦いはクリストフにとって初陣《ういじん》である。

クリストフのことを信用しているアーネストではあるが、初陣ではなにが起きるか分からないためにクリストフにとって師匠にあたるロザリア団長をつけたのだ。

これはクリストフが暴走した場合には諫言をさせ、クリストフの身に危険がおよぶ場合では盾となるようにとのアーネストの配慮でもある。


こうして後世に『オリオンの落日』と言われることになった戦いは終了した。

◆◇◆◇◆◇◆◇◆◇◆◇◆

今は王都で陛下主催の戦勝祝賀会《せんしょうしゅくがかい》が行われている。

先程終わった論功行賞《ろんこうこうしょう》で、戦功第1は南部総督代理として全軍を指揮し、更にシャーク級戦艦を開発し戦線に投入し圧倒的な戦果をあげた俺となった。

俺は実戦には出ていないので賛否が分かれるところだが、論功については俺が決めたことではないので仕方がない。

俺が総大将となった戦でこれまで落とせなかったゴルニュー要塞を陥落せしめたのは事実なので、その功について陛下が明言したことが最終的な決め手となったそうだ。


第2の戦功はウレイモネン・クド・レストスで、彼は聖オリオン教国軍の副司令官の首級をあげており、その功績により男爵位に叙された。

そしてゴルニューに新設される総監庁の副総監の職が与えられることになった。

ベセス伯の孫ではあるが無爵で経験も浅い青年がいきなり男爵に叙されるだけでも十分な褒美であるのだが、更に新設されるゴルニュー総監庁の副総監という地位を与えるのだから諸侯からの異論がなかったわけではない。

しかしウレイモネンがあげた戦功は非常に大きく、本来であれば彼の主君であるベセス伯に対して褒美を与えるべきなのだが、南部貴族のナンバー2ともいえるベセス伯を陞爵させれば侯爵か辺境伯となる。

そうなるとブリュトゼルス辺境伯家と同格の家が興ることになり、南部貴族の分裂も危惧されたためにウレイモネンに褒美を集中させることにしたのだ。

これはどちらかといえば国王派の思惑である。

ベセス伯を辺境伯に叙してゴルニューを治めさせるというのもよい案だと俺は思うし、父上もそう考えていたようだが、国王派の上位貴族が増えることを懸念した貴族派からかなり抵抗があったようで国王派と貴族派の思惑が一致した結果だ。


そしてアナも戦功大と評価され男爵に陞爵し、ゴルニュー総監庁の初代総監に就任することが決定した。

これは実質的に領地を与えられたようなものだ。

アナは総監として駐留軍の指揮権を与えられているので、駐留軍の兵士約３万と艦艇２００隻を指揮下に置くことになった。

男爵という決して高い位ではない貴族がこれほどの兵力を保持しているのは本来ではあり得ない。

これもベセス伯の陞爵阻止に絡んだ人事の一環だ。


そのほかにも陞爵や叙爵に金品の褒美が多くの者に与えられた。

因みに俺も陞爵の話があったが、その話は辞退し褒美は人的資源にしてもらった。

つまり、捕虜となった聖オリオン教国兵を戦争奴隷として俺の領地に連れ帰ることを認めてもらい、更に王国から優秀な文官を数人、それらの文官たちについては1年間の俸給《ほうきゅう》を王国が負担した後に正式にブリュトイース伯爵家の家臣となり、その際には士爵に叙するというものだった。人材不足のブリュトイース伯爵家には今回の褒美がなによりありがたいのだよ。

だって、物質的なことは俺の力でなんとかなるけど、人材だけはそうはいかないからね。


そして褒美ではないが、神聖バンダム王国が領有することになったゴルニュー要塞周辺から多くの元奴隷たちを俺の領地に受け入れることになった。

これは不当に扱われていた獣人やエルフにドワーフなど、聖オリオン教国では亜人や下等種族といわれ搾取《さくしゅ》され虐《しいた》げられてきた者たちをオリオン教の呪縛から解放したことの副産物といえる。

今まで自分たちを虐げていた者たちが捕縛されたり逃げ出したことで奴隷から解放され、神聖バンダム王国の国民となったことで忌まわしき記憶の地を離れる者が続出したのだ。


ペロンはゴルニュー要塞攻略時に上陸部隊を指揮して要塞の1区画を制圧したことで男爵に陞爵が決まった。

更にプリッツも逃げ出す敵の掃討に大きな功績があったとして男爵に陞爵が決まった。

陞爵はもう1人おり、敵に大ダメージを与え混乱させたシャーク級の指揮を執っていたフェデラーも子爵に陞爵した。

カルラには金貨が褒美として与えられ、フィーリアとリリイアは奇襲作戦で獅子奮迅の働きをしたとしてフィーリアには槍、リリイアには剣が褒美として下賜された。

戦勝祝賀会ではドロシーも出席している。相変わらず綺麗だ。

彼女との結婚式が延期となってしまったが、今回の勝ち戦の勢いのまま結婚式が来月に行われることが決まった。

陛下が殊《こと》の外《ほか》俺を褒めちぎるので居心地が悪かったが、戦勝祝賀会の最初のスピーチでそう発表したのだ。

戦勝祝賀会もそうだが、今回の勝ち戦で王国中お祭り騒ぎだという。まぁ、話半分として聞いておく。

それでも久しぶりにドロシーと会うことができたので戦勝祝賀会では2人で踊りあかした。

踊りが得意ではない俺でも彼女とならいつまでも踊ることができる。

それに俺を優しい笑顔と和やかな視線で包み込んでくれる彼女と一緒にいると俺もホッとするのだ。

早く彼女を俺の妻にしたいと独占欲がこみ上げてくるがそれをグッと抑え込み踊る。

キラキラと光る彼女の金髪が時々俺の鼻をくすぐるがそれも心地よい。

この時間が永遠に続くことを願ってしまうほどに楽しい時間が過ぎる。

あとがき

まさか2巻を発行できるとは思いもしなかったので、本当に感謝しかありません。

読者様、編集さん、鉄人桃子さん、発行に携わっていただいた皆様に厚く御礼申し上げます。

いろいろと我儘を言う私に付き合ってくださった皆さん、有難う御座いました。


今回の2巻は1巻と違い、半分ほどがオリジナルストーリーになるように書いております。

ですから【小説家になろう】に掲載されております原文とはかなり違うので、新鮮さを味わっていただけたかと思っております。

魔技神になったクリストフによるチートな生産、そしてチートな魔法による魔物の殲滅が今回の見せ場でしたが、楽しんでいただけましたでしょうか?


2巻の話をいただいた時、私は魔導機関車を登場させ、魔導機関車による物流改革を起こそうと考えてストーリーを作りました。

そして魔導機関車を有効に使うには広大な神聖バンダム王国に鉄道網を築こうと思いました。

そこで【小説家になろう】ではほとんど登場しない、クリストフの祖父であるクジョウ侯爵にご足労いただいたわけです。

クジョウ侯爵のキャラも基本はお堅い老人ですが、魔導機関車に乗った時のような茶目っ気を入れてキャラを濃くしています。

そしてペロンなどの準メインのキャラクター視点の場面も書きたかったのですが、今回はページ数オーバーでボツになってしまいました（泣）。

更に【小説家になろう】では登場しなかった家臣も出てきてキャスティングが変わっています。【小説家になろう】ではなかった、ブリュト島を領地として開発するのはこの家臣たちですね。クリストフには最初だけ領地経営に携わってもらい、その後は対外的な仕事をしてもらおうと思いこういうキャスティングにしてみましたが、いかがでしたか？

【小説家になろう】原文ではないアグラの街とアガカト大森林の戦闘シーンも追加しておりますので、起伏がありより面白くなったものと作者は思っています。

本来はシリアスなラスボスポジションに、ギャグ系のワーナーを持ってきました。賛否両論あるとは思いますが、彼にはとことん三枚目、四枚目を演じてほしいと思っています。

もし3巻を書かせていただけるのであれば、彼には【小説家になろう】ではなかった盛大な花道（笑）を用意したいと思います。

最後に、今回の2巻の発行には家族にも多大な迷惑をかけ、支援してもらいましたので、この場を借りまして感謝の意を伝えたいと思います。有難う！

あとがき
念願叶って2巻の絵も
担当いたしました、鉄人桃子です。
うれしい!!!!!!!
皆さま、本当にありがとうございます。
あとがき絵は、描く機会のなかった
プリッツを描かせて頂きました。
それでは、
また巻末でお会い
出来たら嬉しいです。
鉄

※本書は、「小説家になろう」(http://syosetu.com/)に掲載されていたものを、改稿のうえ書籍化したものです。

なんじゃもんじゃ

なんじゃもんじゃの木は「一葉《ひとつば》たご」という高木のことを指すらしいのですが、それ以外に種類が何か分からないような木のこともなんじゃもんじゃの木と呼ぶそうです。東海地方に自生する不思議な作者とでも覚えてください。長いって?(笑)

イラスト 鉄人桃子（てつじんももこ）

2014年に商業イラストデビュー。最近保温調理器を買いました。これが評判どおりのスグレモノ…！　お肉はとろとろ、野菜はホクホク、ごはんも美味しく炊けます。完璧です。皆様もご家庭にぜひおーつ。

チートあるけどまったり暮らしたい
領地の発展ながめてたいのに

（ちーとあるけどまったりくらしたい　りょうちのはってんながめてたいのに）

2018年5月25日　第1刷発行

著者　なんじゃもんじゃ

発行人　蓮見清一

発行所　株式会社 宝島社

〒102-8388　東京都千代田区一番町25番地

電話：営業03（3234）4621／編集03（3239）0599

http://tkj.jp

印刷・製本　中央精版印刷株式会社

乱丁・落丁本はお取り替えいたします。

ISBN978-4-8002-8416-7